Die großen Romane
Band 96

»Feigheit oder nicht, er war davon überzeugt, dass der Kampf sinnlos war. Er hatte auch mit Viviane nicht gekämpft. Er hatte nicht einmal gewagt, sie zu fragen, was aus der kleinen Elsässerin geworden war, die er Teddybär nannte.«

Georges Simenon

Der Teddybär

Roman

Aus dem Französischen
von Ingrid Altrichter

Atlantik

Die französische Originalausgabe erschien 1960 unter dem Titel
L'Ours en peluche im Verlag Presses de la Cité, Paris.
Die deutsche Erstausgabe erschien 1968 unter dem Titel
Der Plüschbär im Verlag Kiepenheuer & Witsch, Köln.

Atlantik ist ein Imprint
des Hoffmann und Campe Verlags, Hamburg.

1. Auflage 2022
www.hoffmann-und-campe.de
Umschlaggestaltung: Rothfos & Gabler, Hamburg
Umschlagmotiv: © akg-images/Peter Cornelius
Satz: Dörlemann Satz, Lemförde
Gesetzt aus Stempel Garamond und der Ano
Druck und Bindung: GGP Media GmbH, Pößneck
Printed in Germany
ISBN 978-3-455-01410-5

HOFFMANN
UND CAMPE

Ein Unternehmen der
GANSKE VERLAGSGRUPPE

»... Er reinige die Welt von allem Irrtum,
nehme die Krankheiten hinweg,
vertreibe den Hunger,
löse ungerechte Fesseln,
gebe Heimatlosen Sicherheit,
den Pilgernden und Reisenden eine glückliche
Heimkehr,
den Kranken die Gesundheit,
den Sterbenden das ewige Leben.«

Große Fürbitten

1

Das Essen bei Lucien und die Niederkunft der Ägypterin

Er träumte, dessen war er sicher, aber wie nahezu all die anderen Male hätte er nicht sagen können, wovon er träumte. Bilder zogen vorüber, wirre Bilder, so flüchtig, so unscharf, dass er sie nicht zu fassen bekam, um sie bis zum Erwachen festzuhalten. Er strengte sich *so* sehr an, dass er davon müde wurde, und er war umso mehr enttäuscht, als diese Bilder bestimmt etwas bedeuteten und ihm einen nützlichen Hinweis hätten geben können.

Alles, was er davon im Gedächtnis behielt, war ... Die Worte passten nicht recht zusammen, schienen einander zu widersprechen: friedfertige Feindseligkeit, eine passive, unbestimmte Feindseligkeit, die mehr von den leblosen Dingen als von den Menschen ausging, von harmlosen Gegenständen, verschwommenen Landschaften. Er wusste nicht, ob es in seinem Traum auch menschliche Wesen gab, und wenn es welche gab, dann waren sie gesichtslos.

Das war bestimmt wichtig. Der Gedanke, dass er vielleicht eine Spur übersah, weil er sich nicht genug anstrengte, deprimierte ihn.

Gleichzeitig war er sich wie an jedem anderen Morgen darüber im Klaren, wie spät es war. Durch seinen Schlaf hindurch hörte er im hinteren Teil der Wohnung einen Staubsauger brummen und wusste, dass die meisten Fenster offen standen. Obwohl seine Tür geschlossen war und er die Augen noch nicht aufgeschlagen hatte, meinte er sogar zu sehen, wie sich in den leeren Räumen die Vorhänge blähten.

Begierig wartete er darauf, seinem ohnmächtigen Zustand zu entrinnen, und lauerte auf den Schritt von Jeanine, dem Hausmädchen, das ihm den Kaffee brachte. Er hörte das melodische Klingeln des Porzellans auf dem Tablett; sie drehte den Türknauf herum und blieb einen Moment stehen, er hatte nie gewusst, warum; mit dem Duft des Kaffees erreichte ihn ein Schwall kühler Luft.

Jeanine trat ans Bett, sie sah frisch aus in ihrer Uniform, roch noch nach Seife und schaute auf ihn herunter, ehe sie mit gleichgültiger Stimme sagte:

»Es ist acht Uhr.«

Was hielt sie von ihm? Welche Gefühle hegte sie für ihn? Wie würde sie als Zeugin aussagen, wenn zum Beispiel heute etwas passieren sollte?

»Ich habe ihn um acht Uhr geweckt und ihm seinen Kaffee gebracht.«

»Steht er immer um acht Uhr auf?«

»Nein. Das ist unterschiedlich.«

»Wieso wussten Sie dann, dass Sie ihn an diesem Morgen um acht Uhr wecken sollten?«

»Weil er mir einen Zettel in die Küche gelegt hat.«

Und wenn man sie weiterfragte:

»Wie war er?«

Ob sie ihn alt fand? Wahrscheinlich. Sie war vierundzwanzig, und in ihren Augen musste ein Mann mit neunundvierzig ein Greis sein.

Es demütigte ihn, in dieser Verfassung, mit zerknittertem Gesicht und mit Haaren, die auf der einen Seite am Kopf klebten, von einem knackigen Mädchen, das junge Liebhaber hatte, gemustert zu werden. Denn sie hatte welche und machte auch keinen Hehl daraus. Sie war noch nicht sehr lange im Haus, seit vier oder fünf Monaten. Abgesehen von der Köchin wurde das Personal oft ausgewechselt. Er wurde dazu nicht gefragt. Das ging ihn nichts an. Vielleicht wollte man ihn damit nicht behelligen. Jeanine war ein Ausbund an Gleichgültigkeit, und es wäre ihr nicht im Traum eingefallen, ihm beim Wecken lächelnd einen guten Morgen zu wünschen.

Dabei war sie ein fröhliches Ding. Man hörte sie bei ihrer Arbeit oft singen, und mit den anderen Hausangestellten scherzte sie, lachte sie aus vollem Hals.

Er war nur der Brötchengeber. Kaum ein Mann. Ob sie sich überhaupt fragte, warum er in diesem ungemütlichen Zimmer schlief, das einer Zelle glich?

Sie zog die Vorhänge aus Rohleinen auf. Er schlüpfte in seinen Morgenmantel, tastete mit den Zehenspitzen nach den Pantoffeln und musste sich fast jedes Mal bücken, um einen unter dem Bett hervorzuangeln. Dann, noch ehe er seine Tasse anrührte, löste er in einem halben Glas Wasser einen kleinen Beutel Wismutpulver auf.

Morgens hatte er fast immer Magenbeschwerden. Das war seine eigene Schuld. Er fand sich damit ab.

Ein neuer Tag begann, weder gut noch schlecht, ein Tag wie jeder andere. Er kam allmählich zu sich und genoss trotz allem den ersten Schluck seines schwarzen Kaffees.

Schon seit mehreren Jahren schlief er nicht mehr in seinem Schlafzimmer. Er hatte sich in diesem Raum hinter seinem Sprechzimmer einquartiert, der früher eine Rumpelkammer gewesen war und in dem sie ein Eisenbett aufgestellt hatten, ein Krankenhausbett, für den Fall, dass eine seiner Patientinnen nach einer schmerzhaften Untersuchung oder nach einem unvorhergesehenen Zwischenfall ein paar Stunden Ruhe brauchen sollte, ehe sie nach Hause oder in die Klinik gebracht werden konnte.

Das schmale, hohe Fenster ging auf den Garten hinaus, wo hinten die ehemaligen, zu Garagen umgebauten Pferdeställe aus Backstein lagen.

Während der Nacht hatte es geregnet. Es hatte bereits genieselt, als er um halb vier Uhr früh nach Hause gekommen war. Ein Taxi hatte ihn von der Klinik hergebracht, und er war so erschöpft gewesen, dass er sich, ehe er zu Bett ging, noch einen Cognac eingegossen hatte.

Welke Blätter bedeckten die Rasenflächen. Die Platane, kahl, wie sie war, wirkte fast anstößig; an den Zweigen der Birke zitterten noch vereinzelte Blätter.

Er griff nach Hemd und Hose und nach seiner Unterwäsche, die er auf einen Sessel gelegt hatte, und ging durch sein Sprechzimmer, in dem der Stuhl für die gynäkologischen Untersuchungen mit den Stützen, die die Beine der Patientinnen gespreizt hielten, fast den ganzen Platz einnahm.

Die Fenster seines Arbeitszimmers standen offen. Es war kalt hier. Eine Putzfrau, deren Namen er nie erfahren hatte und die nur morgens für die grobe Arbeit herkam, war emsig am Werk. Sie hatte ein Tuch um die Haare geschlungen und folgte ihm, ohne ein Wort zu sagen, mit ihren Blicken. Er hätte ebenso gut ein Gespenst sein können.

Was würde sie als Zeugin aussagen?

»Kam er Ihnen besorgt vor?«

Denn es werden lächerliche Fragen gestellt.

»Schwer zu sagen. Normalerweise ist er recht blass, und morgens ist er um die Augen herum ein bisschen rot, als ob ...«

Als ob was? War es für sie, wie auch für Jeanine, nicht seltsam, ja völlig ungewöhnlich, dass er in einem Eisenbett hinter seinem Sprechzimmer schlief, während er über ein behagliches, luxuriöses Schlafzimmer verfügte? Sie würde wirklich etwas zu erzählen haben, denn er machte noch einmal kehrt und fragte sie:

»Ist meine Frau schon auf?«

»Ich glaube, sie ist in der Küche und stellt den Speisezettel zusammen.«

»Und Mademoiselle Lise?«

Das war seine älteste Tochter.

»Ich habe vor ungefähr zehn Minuten ihren Motorroller gehört.«

»Mademoiselle Éliane schläft wohl noch?«

»Ich habe sie nicht gesehen.«

David, sein Sohn, war auf dem Weg ins Lycée Janson de Sailly, das ganz in der Nähe, in der Rue de la Pompe, lag. In der Wohnung konnte man bei entsprechender Windrichtung sogar den Pausenlärm hören.

Er wusste nicht, warum er diese Fragen überhaupt stellte, denn er achtete nicht auf die Antworten, sondern durchquerte bereits das Wartezimmer.

Als er durch die verglaste Doppeltür schritt, betrat er eine andere Welt, die Welt des häuslichen Lebens. Er ging durch einen Flur, dann durch den nächsten, hörte hinter einer Tür Frauenstimmen, erblickte etwas weiter das ungemachte Bett im Schlafzimmer und gelangte schließlich ins Bad, wo er den Riegel vorschob.

Und wenn sie statt der Hausangestellten ihn ausfragten, heute Abend, morgen, an irgendeinem beliebigen Tag, und von ihm Rechenschaft über sein Tun und Treiben forderten? Was würde er selbst aussagen, welches Bild würde er ihnen zu bieten versuchen, wenn er doch im Voraus wusste, dass sie es nicht begreifen würden?

»Sie waren zu Hause, in Ihrer Wohnung in der Avenue Henri-Martin ...«

Das stimmte, kein Zweifel. Eine Zwölfzimmerwohnung, um die der Großteil seiner Kollegen ihn beneidete und die ihm manche sicher nicht gönnten.

Zu seiner Verteidigung konnte er nicht einmal behaupten, er habe sie sich nicht ausgesucht. Man hatte ihn nicht dazu gezwungen, dieses Appartement zu mieten und hier vier Dienstboten zu beschäftigen, auch nicht dazu, drei Autos in der Garage zu haben.

Er hatte, jedenfalls am Anfang, nicht nur in dem Viertel am Bois de Boulogne, sondern unbedingt in der Avenue Henri-Martin wohnen wollen, mit ihren Gärten, Gittertoren und Chauffeuren, die am Straßenrand eifrig die Limousinen polierten. Dieser sehnliche Wunsch ging auf eine Kindheitserinnerung zurück, weil er eines Morgens im Frühling zufällig diese schattige Avenue entdeckt und damals den Eindruck gehabt hatte, hier müsste das Leben liebenswert und heiter sein.

Das stimmte nicht, aber diese Erfahrung hatte er erst machen müssen. Nichts war liebenswert und heiter. Nirgendwo.

Sein Badewasser lief ein; der Spiegel beschlug.

»Immerhin waren Sie es, der ...«

Na schön! Er hatte jedes einzelne Möbelstück ausgesucht, insbesondere die in seinem Arbeitszimmer, die er sich schwer und behäbig gewünscht hatte, wie er sie liebte oder, vielmehr, wie er sich vorgestellt hatte, dass er sie lieben würde. Ebenso hatte er mit dem Innenarchitekten die Einrichtung des Schlafzimmers besprochen, das breite, niedrige Bett, das man sonst nur in Filmen sah.

Das war kurz vor Davids Geburt gewesen. David war inzwischen sechzehn.

Viel weniger als sechzehn Jahre hatten dazu ausgereicht, dass ihm dieses mit Seide in der Farbe zerdrückter Erdbeeren bespannte Bett fremd geworden war.

Diese und alle übrigen Möbel der Wohnung, die Tische, die Bücher und all der Nippes würden eines Tages nicht mehr den dekorativen Rahmen für sein Leben bilden. Die Kinder würden heiraten. Für Lise, die Älteste, war es beinahe so weit. Sie kümmerte sich nicht mehr um die Meinung der Eltern, und wann immer sie ihren Willen nicht bekam, redete sie davon auszuziehen. Éliane würde die Nächste sein. Dann David.

Auf jeden Fall könnte seine Frau, wenn er nicht mehr da wäre, eine solche Wohnung nicht halten. Dann würden die Möbel, jeder einzelne Gegenstand, anderswo ihren Platz finden und sich in die Welt eines Fremden einfügen.

Auch sie waren Zeugen, bereits überholte Zeugen. Wenngleich sie noch eine Zeit lang in einer scheinbar unveränderlichen Umgebung ihren Platz behielten, so hatten sie doch ihren Sinn verloren.

»Warum haben Sie …«

Zu viele Warums und zu wenig befriedigende Antworten oder, richtiger gesagt, niemand außer ihm würde sie befriedigend finden.

Als er zum Beispiel beschlossen hatte, auf dem Eisenbett in der Abstellkammer zu schlafen ... Zunächst hatte er sich gehütet, verlauten zu lassen, dass dies endgültig sei. Es war zu einer Zeit gewesen, in der er, wie ihm das immer wieder einmal passierte, jede Nacht in die Klinik gerufen wurde. Oft gab es mehrere Entbindungen gleichzeitig. Bei jedem Anruf war seine Frau aufgewacht, und beim Nachhausekommen hatte er sie wieder geweckt. Und wenn er, selten genug, einmal länger schlief, um sich zu erholen, dann musste sie lautlos aus dem Zimmer schleichen und konnte nicht einmal ihre gewohnte Morgentoilette machen.

Das war freilich nicht der wahre Grund gewesen, das wusste sie ebenso gut wie er, selbst wenn sie so tat, als glaube sie es. Er warf ihr nichts vor. Sie ihm auch nicht. Es saß tiefer.

Wie lange dauerte das schon? Etwas über vier Jahre. Christine war es damals nicht verborgen geblieben, dass er intime Beziehungen zu seiner neuen Sekretärin, Viviane Dolomieu, unterhielt und dass er bisweilen einen Teil der Nacht bei ihr verbrachte.

Sie wusste, dass Viviane nicht zufällig ganz in die Nähe gezogen war, in die Rue de Siam, hinter der spanischen Kirche.

Dennoch wäre es falsch gewesen zu behaupten, seine Sekretärin sei an die Stelle seiner Frau getreten. Sie hatte niemandes Platz eingenommen. Sie hatte eine Leere ausgefüllt. Und die Ursache dieser Leere …

Was würde Christine im Zeugenstand eines Gerichts aussagen? Was dachten seine eigenen Kinder? Lise, die Älteste, gab sich beinahe aggressiv, auf jeden Fall ironisch, und erst am Abend zuvor war es zu einem kleinen Zwischenfall gekommen. Doch es lag nicht allein an ihr, dass er eine unangenehme Nacht verbracht hatte. In jüngster Zeit nahmen solche Kleinigkeiten überhand, als sollte ihm das Leben schwer gemacht werden, ihm Angst einjagen.

Am Nachmittag hatte er sowohl am Schreibtisch als auch im Sprechzimmer sehr viel zu tun gehabt. Gegen sieben Uhr hatte ihn dann Madame Doué, die Oberhebamme, aus der Klinik angerufen.

»Ich habe Probleme mit Zimmer elf, Professor. Sie verlangt, dass Sie sofort herkommen. Sie meint, sie könnte die Nachtmaschine erreichen und noch vor der Entbindung in Kairo sein.«

»Wie weit ist sie?«

»Bisher hat sie zwei oder drei Wehen gehabt; man kann noch nichts sagen. Sie weint dauernd und redet von ihrem Mann, mal Französisch, mal in ihrer Muttersprache …«

»Ich komme.«

Seine Sekretärin, die sich gerade bei ihm in seinem Arbeitszimmer aufhielt, hatte schon so etwas geahnt. Der Fall machte ihnen seit einigen Tagen Sorgen. Es handelte sich um eine ganz junge Frau, kaum neunzehn Jahre alt, die wie ein Kind aussah, wie eine Puppe, und mit einem ägyptischen Diplomaten verheiratet war.

Die ersten Male war sie noch in die Avenue Henri-Martin gekommen, in Begleitung ihres Mannes, der sich, seit er wusste, dass sie schwanger war, ständig Vorwürfe machte. Er war davon überzeugt, sie könne, so schmächtig und zart, wie sie war, kein Kind zur Welt bringen, und er beschuldigte sich schon im Voraus, er habe sie umgebracht.

»Glauben Sie, sie schafft es wirklich, Doktor?«

Sie lächelte ihn an, betrachtete ihn mit großen dunklen Augen voller Bewunderung. Während der gynäkologischen Untersuchungen hielt sie die Hand ihres Mannes fest und bemühte sich, keine Miene zu verziehen, wenn der Arzt ihr wehtat.

Sie waren jeden Monat wiedergekommen, später jede Woche. Plötzlich, vor fünf Tagen, wurde der Mann in Gott weiß welcher Mission nach Kairo zurückgerufen.

»Sagen Sie ihm, Professor, dass er nicht hinfahren darf, dass er mich in diesem Moment hier nicht alleinlassen darf … Ich bin sicher, wenn er erst einmal dort ist, lassen sie ihn nicht mehr weg … Sie kennen unsere Regierung nicht … Mein Mann spricht hier alles aus, was ihm durch den Kopf geht … Jemand muss in Kairo erzählt haben, was er so redet und …«

Sie hatte darauf bestanden, mit ihm abzureisen, falls er sich weigern sollte dazubleiben.

»Selbst wenn ich mein Kind im Flugzeug kriegen muss, ich wäre nicht die Erste …«

Chabot hatte sich gezwungen gesehen, ihr zu verstehen zu geben, dass die Entbindung vielleicht schwierig werden würde. Er war mit den Laboranalysen, mit den Blutwerten, nicht zufrieden gewesen und hatte lange eine Fehlgeburt befürchtet.

Das gehörte zu seinem Beruf. Er war ruhig, selbstsicher, überzeugend. Er trug seine Maske.

Kaum war der Ehemann abgereist, da tauchte die junge Ägypterin um neun Uhr abends mit ihrem Koffer in der Klinik auf.

»Ich glaube, es geht los …«

Sie war aufgeregt und so verängstigt gewesen, dass Chabot die ganze Nacht lang ihre Hand gehalten hatte. Am Morgen hatte er dann darauf bestanden, dass sie in ihre Wohnung zurückkehrte, und sie fast gewaltsam von einer Krankenschwester nach Hause bringen lassen.

»Sie haben noch mindestens drei Tage Zeit.«

Am Vorabend war sie wiedergekommen, wieder mit ihrem Koffer voll persönlicher Dinge und voller Wäsche. Sie wusste nicht mehr, wo ihr der Kopf stand, noch, was sie wirklich wollte.

Madame Doué suchte ihr die sanfteste Krankenschwester aus, Mademoiselle Blanche, und ging selbst jede Viertelstunde die Patientin trösten.

Warum hatte ihr Mann ausgerechnet an diesem Tag nicht aus Kairo angerufen?

»Ich bin sicher, dass sie ihn ins Gefängnis gesteckt haben. Sie wissen nicht, wie das läuft. Ich will zu ihm. Um zehn Uhr startet ein Flugzeug ...«

Dieser Fall unterschied sich ein wenig von den anderen. Aber war nicht jede Patientin mehr oder weniger ein Einzelfall? Ehe Chabot sein Arbeitszimmer verließ, hatte er auf einen der Knöpfe am Telefon gedrückt. Die Stimme seiner Tochter Éliane ließ sich vernehmen.

»Ist deine Mutter nicht da?«

»Sie müsste gegen halb acht nach Hause kommen.«

»Ich fahre in die Klinik und glaube nicht, dass ich bis zum Essen zurück sein werde.«

»Guten Abend.«

Dann war er mit Viviane hinuntergegangen, und sie hatte sich ans Steuer des Wagens gesetzt. Seit langem, seit dem Unfall, den er eines Nachts auf der Heimfahrt von der Klinik gehabt hatte, fuhr er nicht mehr gern bei Dunkelheit.

War das wirklich wahr? Würde er es unter Eid wiederholen?

Seit diesem Unfall machten ihn auf jeden Fall die Scheinwerfer der Autos nervös und lösten bei ihm eine Art Panik aus. Allerdings geriet er, sobald er nur allein draußen war, in dieselbe Panik. Dabei war er nicht krank. Sein letztes Elektrokardiogramm war beruhigend. Wenn er bisweilen einen leichten Druck in der Brust spürte, wusste er, worauf das zurückzuführen war, und im Übrigen hatte er keine Angst vor dem Sterben. Im Gegenteil.

Trotzdem empfand er das Bedürfnis, jemanden bei sich zu haben; und vielleicht war zu diesem Bedürfnis noch eine gewisse Trägheit hinzugekommen, die sich zwar nicht auf seine berufliche Aktivität auswirkte, wohl aber auf die unzähligen Nichtigkeiten des Alltags.

Es bedrückte ihn, dass er sich so viele Fragen stellte, wie etwa über Jeanine, die Putzfrau und darüber, was aus den Möbeln werden würde. Doch er konnte nicht anders.

Die Klinik Les Tilleuls war nicht weit entfernt, sie lag in der Avenue des Tilleuls, in Auteuil, ebenfalls ganz dicht am Bois de Boulogne.

Dort war er in den eigenen vier Wänden: Sie gehörte ihm, auch wenn noch andere Leute einige Anteile besaßen. Es war die modernste gynäkologische Klinik und Entbindungsstation in Paris, zu deren Patientinnen die reichsten und berühmtesten Frauen zählten.

Der Wagen fuhr durch das Tor, bog in eine Kurve im Park ein und hielt vor der Freitreppe, die von zwei Laternen aus Milchglas erleuchtet wurde.

Mademoiselle Roman, die alte Verwaltungsdirektorin mit seidig schimmerndem weißem Haar, saß noch hinter der Glasscheibe ihres Büros. Im ersten Stock wartete Madame Doué auf dem Gang.

»Sie hat eben kurz hintereinander zwei ziemlich heftige, aber noch unregelmäßige Wehen gehabt. Trotzdem will sie immer noch das Flugzeug besteigen. Sie behauptet, es sei so wie neulich, und morgen würden wir sie doch wieder nach Hause schicken.«

Er zog seinen weißen Kittel an und betrat das Zimmer; seine Bewegungen waren sanft und präzise, seine Stimme überzeugend.

Nach einer Stunde war seine Patientin etwas ruhiger, sie fügte sich anscheinend in ihr Schicksal.

»Sie gehen doch nicht weg, Professor?«

Er hatte ihr ein Beruhigungsmittel gegeben, und sie würde bald eindösen.

»Ich bin in ein bis zwei Stunden zurück. Man weiß hier, wo man mich notfalls erreichen kann …«

»Sind Sie sicher, dass es heute Nacht sein wird?«

Was sollte er darauf antworten? Er schaute noch in zwei oder drei andere Zimmer hinein, dann stieg er wieder in seinen Wagen ein, mit Viviane am Steuer.

»Wo fahren wir hin?«, fragte sie, während sie auf den Anlasser drückte.

Sie hatten ihre Gewohnheiten. Wenn sie gemeinsam zu Abend essen wollten, stand dafür ein halbes Dutzend kleiner stiller Restaurants mit gepflegter Küche zur Auswahl.

Er war so in Gedanken, dass er zu antworten vergaß, und sie schlug vor:

»Zu Lucien?«

Ein ehemaliges Bistro in der Rue des Fossés-Saint-Bernard. Dort saßen sie immer in derselben Ecke, und man kannte ihren Geschmack. Sie benahmen sich nicht wie zwei Verliebte, aber auch nicht wie ein altes Ehepaar. So duzten sie sich zum Beispiel niemals, weder in der Öffentlichkeit noch in intimen Augenblicken. Wer sie beobachtete, hätte eher meinen können, die junge Frau habe die Aufgabe, über ihren Begleiter zu wachen und selbst die geringsten Unannehmlichkeiten von ihm fernzuhalten.

Sie sprachen wenig, fast immer über Patientinnen, über die Vorlesungen des Professors, über einen Beitrag zu diesem oder jenem ausländischen Kongress.

Während er allein in ihrer Ecke Platz nahm, ging sie ans Telefon, was sie überall als Erstes tat. Nicht nur die Klinik Les Tilleuls musste wissen, wo Chabot zu erreichen war, sondern auch die Entbindungsanstalt Port-Royal, in der er junge Mediziner ausbildete und eine Station leitete. Oft betreute er obendrein noch Patientinnen im Amerikanischen Hospital von Neuilly.

»Trinken Sie doch, bevor wir uns der Speisekarte zuwenden, zur Entspannung einen trockenen Martini.«

Sie wusste, dass er um diese Zeit einen brauchte. Verstohlen beobachtete sie ihn, und er fragte sich manchmal, ob ihr Verhalten auf Zärtlichkeit beruhte. Hatte sie am Anfang, als sie ihre Arbeit bei ihm aufnahm, zärtliche Gefühle für ihn gehegt? Sie war damals aus La Rochelle gekommen, wo man ihren Vater während des Krieges erschossen hatte und ihre Mutter gerade gestorben war.

Sie hatte ihn bewundert, gewiss. Und sie hatte obendrein erstaunt festgestellt, dass sich niemand um ihn kümmerte, dass die gesamte Verantwortung auf seinen Schultern lastete und die Leute in seiner Umgebung eigentlich dazu neigten, ihm noch mehr aufzubürden.

»Jules, einen schön trockenen Martini und einen Portwein!«

Sie machte ihre Handtasche auf und nahm eine rosa Pille aus einem Döschen, denn sie kannte die Medikamente, die er zu bestimmten Zeiten einnahm und auf die er nicht mehr verzichten konnte.

Das Restaurant wurde bloß von den Tischlampen spärlich beleuchtet. Es waren nur etwa fünfzehn Gäste da, und der Wirt kam hin und wieder aus seiner Küche heraus, um den neu eingetroffenen Personen die Hand zu drücken.

»Auf Ihr Wohl! Denken Sie bis nach dem Essen nicht mehr an die Klinik …«

Er war zu gewissenhaft. Auch nach so vielen Jahren hatte er noch nicht jene Gleichgültigkeit erlangt, um die er manche Kollegen beneidete, und während er die Karte studierte, war er in Gedanken immer noch bei der jungen Ägypterin.

Viviane berührte seinen Arm. Er hob den Kopf und sah seine Tochter Lise, die in Begleitung eines jungen Mannes eintrat.

Chabot versteckte sich nicht, er hatte sich nie versteckt. Es war jedoch das erste Mal, dass er sich in einer solchen Situation befand, und er wurde rot, als seine Tochter sie entdeckte und ihm zuwinkte.

Wer ihn kannte, behauptete, Lise sähe ihm ähnlich, und das war durchaus möglich. Sie hatte die gleichen starken Wangenknochen, das gleiche schwere Kinn, und ihr Haar hatte wie seines einen Stich ins Rötliche.

Als sie noch klein war, pflegte ihre Mutter zu sagen:

»Sie hat dieselbe Willenskraft wie ihr Vater, auch dieselbe Fähigkeit, plötzlich geistig abwesend zu sein …«

Er selbst erkannte sich in ihr nicht wieder. Sie war ihm seit langem entglitten, ganz allmählich, denn sie hatte sich schon als kleines Kind angewöhnt, nur das zu tun, was ihr passte.

Nach dem Abitur hatte sie sich an der Sorbonne immatrikuliert, ein paar Monate später ihr Studium aber aufgegeben, um sich mit einer Freundin zusammenzutun, die in der Rue du Faubourg-Saint-Honoré eine Boutique für modischen Schnickschnack eröffnet hatte.

Mit ihrem ersten Geld hatte sie sich einen Motorroller gekauft, ohne zu Hause etwas darüber verlauten zu lassen.

Die zwei Paare saßen einander gegenüber, und der junge Mann, der den Professor und seine Sekretärin ungeniert betrachtete, sagte leise etwas zu Lise, worauf beide in schallendes Gelächter ausbrachen. Worüber lachten sie, über wen?

Chabot hatte ihn schon mehrmals in der Wohnung

in der Avenue Henri-Martin gesehen, wo er bisweilen Leute antraf, die er nicht kannte und bei denen sich niemand die Mühe machte, sie ihm vorzustellen.

Er hieß Jean-Paul Caron und galt als brillant, weil er mit dreiundzwanzig Jahren als Enfant terrible einer Pariser Tageszeitung giftige Artikel und Berichte für die Klatschspalten schrieb.

Chabot hielt ihn für unnötig bissig, für einen Angeber, und er mochte nicht, wie dieser die Leute anschaute, als ob er sie verachtete. Dies alles war umso lächerlicher, als er sehr klein und pausbäckig war und eine komische spitze Nase hatte. Er glaubte, sich alles erlauben zu dürfen, und das traf auch beinahe zu, weil sein Vater einer bedeutenden Presseagentur vorstand.

Die beiden jungen Leute benahmen sich auch nicht wie ein Liebespaar, eher kameradschaftlich, trotzdem schliefen sie miteinander, woraus Lise keinen Hehl machte. Sie bestellten den Aperitif, dann das Essen, tuschelten und lachten nach wie vor unbekümmert, und wenn ihre Blicke denen von Jean Chabot oder seiner Sekretärin begegneten, schlugen sie die Augen nicht nieder, ganz im Gegenteil.

»Will sie ihn immer noch heiraten?«, fragte Viviane.

»Ja.«

»Wann?«

»Das sagt sie nicht. Wahrscheinlich wird sie uns den Termin erst ankündigen, wenn sie das Aufgebot bestellt haben.«

Sie hörten das Telefon klingeln; der Kellner trat an ihren Tisch.

»Professor Chabot, Sie werden verlangt ...«

Viviane, die bereits aufgestanden war, ging in die Kabine, kehrte kurz danach zurück und flüsterte ihm etwas ins Ohr.

»Sie sollen ihr zwei Kubikzentimeter Phenergan geben.«

Um elf Uhr war das Auto wieder durch das Tor zur Klinik Les Tilleuls gefahren.

»Gehen Sie schlafen. Es ist besser, wenn Sie morgen früh ausgeruht sind.«

»Meinen Sie, es dauert lange?«

»Ich fürchte, ja.«

»Soll ich nicht lieber auf Sie warten?«

»Nein. Nehmen Sie den Wagen. Ich lasse mir ein Taxi rufen.«

Sie war weder Hebamme noch diplomierte Krankenschwester. Wenn sie in fünf Jahren auch viel gelernt hatte und ihm in der Avenue Henri-Martin während seiner Sprechstunden als Assistentin diente, so war sie hier in der Klinik doch fehl am Platz.

»Gute Nacht, Professor.«

»Gute Nacht.«

Sie hatten sich nicht umarmt, einander auch nicht die Hand gedrückt.

Im Zimmer der Ägypterin hatten die Vorbereitungen begonnen, und der Professor brauchte nur einen

Blick auf das Krankenblatt zu werfen, das Mademoiselle Blanche ihm reichte, um zu wissen, dass die Entbindung noch schwieriger verlaufen würde, als er es vorhergesehen hatte.

»Der Anästhesist soll kommen ...«

Er setzte sich an das Bett der Patientin, hielt ihre Hand und redete leise auf sie ein. Nur zweimal konnte er in sein Büro gehen und sich auf dem schmalen Sofa kurz ausruhen.

Hin und wieder war Babygeschrei zu hören oder eine Klingel, und dann eilte eine unter ihrer Tracht nur spärlich bekleidete Krankenschwester zu einer der nummerierten Türen.

Um halb zwei nahm Chabot, weil er sich erschöpft fühlte, eine Amphetamintablette.

Erst eine Stunde später gab er im Zimmer der Ägypterin das Zeichen, das jeder in der Klinik kannte, und es dauerte nicht lange, bis man auf dem Flur ein Bett auf Gummirädern auftauchen sah.

Er selbst ging weg und kehrte weiß gekleidet zurück, mit dicken grünen Stiefeln an den Füßen, die Arztkappe auf dem Kopf, den Mundschutz noch um den Hals und die Gummihandschuhe in der Hand.

Im Operationssaal fügten sich Worte, Handgriffe und Blicke aneinander, geheimnisvoll und bedeutungsschwer. Wie Chabot es geahnt hatte, wurde der Anästhesist fast unverzüglich gebraucht, denn es hatte sich ein Thrombus gebildet, und der Arzt, dem der Schweiß auf der Stirn stand, musste die Geburtszange ansetzen.

Als er sich nach einer Viertelstunde endlich wieder aufrichtete, hatte er getan, was er tun konnte. Seine Bewegungen waren präzise gewesen, seine Hände hatten nicht gezittert. Die Mutter lebte, wenngleich sie reglos und ohne Bewusstsein war, mit blau angelaufenen Augenlidern und noch ganz spitzer Nase. Das Baby, um das sich die Krankenschwestern kümmerten, lebte ebenfalls und stieß gerade seinen ersten Schrei aus.

Dennoch war Chabot mit sich nicht zufrieden gewesen, und sobald er, wieder umgezogen, in seinem weiß gestrichenen Klinikbüro war, hatte er einen Schrank geöffnet, sich einen Cognac eingegossen und danach eine grüne Pastille zerkaut, um den Alkoholgeruch zu überdecken.

Dafür schämte er sich immer, wie er sich als Kind jahrelang geschämt hatte, weil er seiner Mutter ein paar Centimes aus dem Portemonnaie gestohlen hatte.

Ein Taxi hatte ihn nach Hause gebracht, wo er das Bedürfnis empfand, noch ein Glas zu trinken, und aus Angst, sein Atem könnte ihn verraten, wenn Jeanine ihn wecken kam, hatte er wieder eine Pastille gekaut.

Es war nichts Dramatisches vorgefallen. Kein Geburtshelfer hätte die Situation besser gemeistert als er.

Es war eine Nacht wie jede andere, auf jeden Fall wie so viele andere, aber dennoch war sie ihm unangenehm in Erinnerung geblieben, vielleicht wegen seiner Tochter und des jungen Mannes, der ihr ins Ohr geflüstert hatte, vielleicht wegen …

Eigentlich wegen nichts Bestimmtem. Wie würde die Hebamme, die seit über zehn Jahren mit ihm zusammenarbeitete, aussagen, wenn man sie in den Zeugenstand riefe? Hatte sie ihn nicht bisweilen über ihren Mundschutz hinweg mit einer gewissen Besorgnis, mit leisem Zweifel betrachtet? Hatte sie, und sei es nur für einen kurzen Augenblick, geglaubt, er habe sich ungeschickt angestellt und dadurch den Thrombus verursacht?

Es war für ihn zu einer fixen Idee geworden, sich die Menschen als Zeugen vorzustellen. Aus welchem Grund sollten sie etwas zu bezeugen haben?

Das musste mit seinen Kindern begonnen haben, als sie noch ganz klein waren und er sich fragte:

»Welches Bild werden sie später einmal von mir haben? Wie sehen sie mich? Welche Bedeutung messen sie dem bei, was ich tue? Was werden sie ihren Kindern, wenn sie dereinst eigene haben, über ihren Vater erzählen?«

Im Augenblick war er sicher, dass seine Kinder ihn nicht kannten. Hatte er seinerseits versucht, sie kennenzulernen? Hatte er alles getan, was dazu nötig gewesen wäre? Er wusste es nicht. Und seine Frau kannte ihn nicht viel besser. Irgendwann, er hatte keine Ahnung, wann und durch wessen Schuld, hatten sie den Kontakt zueinander verloren, vielleicht hatte dieser Kontakt auch seit je nur in seiner Vorstellung existiert.

Was blieb da noch? Viviane? Am Anfang hatte er das gehofft. Und die anderen, die Leute aus der Klinik, aus der Entbindungsanstalt Port-Royal, seine Kollegen, Assistenten, Schüler, die sahen nur seine Maske, eine Maske, die er sich nicht ausgesucht hatte, die er nicht absichtlich vor seinem wahren Gesicht trug.

Um halb neun war er fertig rasiert. Seit er nicht mehr mit seiner Frau im selben Bett schlief, vermied er es, sich nackt vor ihr zu zeigen. Trotzdem mussten sie dasselbe Badezimmer benutzen, weil sich wegen der Aufteilung der Räume die beiden anderen Badezimmer für ihn als unbrauchbar erwiesen hatten.

Auf einem der gläsernen Ablageborde sah er die Zahnbürste seiner Frau, die Tube Zahnpasta, verschiedene Flakons und nichtige, lächerliche Dinge, was ihm ebenso unschicklich erschien, wie wenn bei einem Zwangsverkauf die ganz persönliche Habe einer Familie offen auf dem Gehsteig ausgebreitet wird.

Nebenan hörte er Schritte. Seine Frau war nicht so schamhaft wie er, und wenn er durch das Schlafzimmer ging, traf er sie oft in einer Haltung an, die ihn peinlich berührte.

Er brauchte sich nur noch anzuziehen. In weiser Voraussicht hatte er seine Hose und sein Hemd mitgebracht. Als er die Tür öffnete, saß Christine vor dem Frisiertisch, eine ihrer Brüste war halb entblößt.

»Guten Morgen, Jean.«

»Guten Morgen, Christine.«

Er hatte die Gewohnheit beibehalten, ihr einen flüchtigen Kuss aufs Haar zu drücken.

»Hast du eine anstrengende Nacht gehabt?«

Er fühlte sich abgespannt, gewiss, aber er mochte es nicht, wenn man ihn darauf ansprach, vor allem dann nicht, wenn man ihn zuvor aufmerksam betrachtet hatte. Offenbarte sich denn die Müdigkeit im Augenblick so deutlich in seinem Gesicht? Sah er bedrückt aus?

Man hätte meinen können, dass ihn alle, die näher mit ihm zu tun hatten, verändert fanden. Das ärgerte ihn umso mehr, als es ihm Angst machte.

»Ich bin so gegen halb vier nach Hause gekommen.«

»Ich habe dich gehört.«

Hatte Lise ihrer Mutter von ihrer Begegnung im Chez Lucien erzählt? Das war unerheblich, denn Christine wusste Bescheid, und sie litt nicht unter dem Zustand, der schließlich schon lange währte. Trotzdem stellte er sich diese Frage. Er kam nicht dagegen an.

»Hast du heute einen schweren Tag?«

»Wahrscheinlich. Ich weiß es noch nicht.«

Er rechnete mit einer Entbindung im Laufe des Vormittags, und dann würde er die Klinikumsstunde verschieben müssen, die er zweimal wöchentlich, dienstags und mittwochs, in der Entbindungsanstalt Port-Royal abhielt. Es war Dienstag.

»Kommst du zum Mittagessen heim?«

»Ich hoffe es. Wenn nicht, rufe ich an.«

Obwohl er nicht immer mit der Familie zu Abend aß, so bemühte er sich doch, das Mittagessen nicht zu versäumen, dem er eine gewisse Bedeutung beimaß, er hätte allerdings nicht sagen können, warum. Er legte Wert darauf, dass sich alle wenigstens einmal am Tag bei Tisch trafen, und er war manchmal wütend geworden, weil eines der Kinder zu spät oder gar nicht kam.

Aus der Richtung, in der die Zimmer seiner Töchter lagen, war ein Staubsauger zu hören. Éliane sang in ihrer Badewanne. Er ging nicht hin, um ihr mit einem Kuss einen guten Morgen zu wünschen, sondern kehrte in sein Arbeitszimmer zurück, wo Viviane inzwischen eingetroffen war.

»Guten Morgen, Professor. Ist alles gut gelaufen?«

Warum fragte sie ihn das, wenn sie doch wie jeden Morgen schon in der Klinik angerufen hatte? Das war täglich ihre erste Aufgabe, und sie hatte ihm sicher einen Zettel auf den Schreibtisch gelegt, der ihn über den Zustand jeder einzelnen Patientin unterrichtete.

Er antwortete nicht, er sagte gar nichts und nahm ihr das Glas Wasser und die Pille, die sie ihm reichte, aus der Hand.

»Ich glaube, Sie können Ihre Stunde abhalten. Madame Doué nimmt nicht an, dass die Patientin auf der Sieben vor dem frühen Nachmittag entbinden wird.«

Sie holte ihm seinen Mantel und den Hut.

»Bei der Post ist übrigens nichts Wichtiges dabei ...«

Sie stiegen hintereinander die Treppe zum Garten hinunter, traten auf den Gehsteig hinaus, wo der kleine schwarze Sportwagen stand, und Viviane ergriff das Steuer.

Auf dem feuchten Straßenpflaster glänzten ein paar Sonnenstrahlen, wie im Frühling, und hinter den offenen Fenstern waren die Dienstmädchen beim Saubermachen.

2

Der Mann mit den klobigen Schuhen, der Zettel unter dem Scheibenwischer und das junge Mädchen, das die Augen nicht aufschlug

Ab der Straßenecke, an der die Avenue des Tilleuls auf den Boulevard de Montmorency stieß, begann er aufmerksam nach links und rechts zu schauen, wobei er sich bemühte, auf Viviane weiterhin einen unbefangenen Eindruck zu machen. Wusste sie, wonach er Ausschau hielt, wovor er Angst hatte? Hatte sie manchmal schon, wenn sie vor ihm beim Wagen war und er etwa von Mademoiselle Roman oder vom Buchhalter noch im Flur aufgehalten wurde, einen Zettel an der Windschutzscheibe vorgefunden und nichts davon gesagt, um ihn nicht zu erschrecken?

In der Straße parkten nur drei Autos, die man immer an derselben Stelle stehen sah. Die Gehsteige waren fast menschenleer: Ein Botenjunge stieg von einem grünen Dreirad ab, ein Briefträger hielt einen Augenblick inne, um einen Stapel Post zu sortieren, und eine junge Frau schob einen Kinderwagen vor sich her.

Vor Viviane hatte er schon zwei Sekretärinnen gehabt. Mit einer von ihnen hatte er ebenfalls zuweilen geschlafen, wenn es sich mehr oder weniger zufällig ergab, ohne dass er je ihre Wohnung betreten hätte oder sie auf die Idee gekommen wären, miteinander auszugehen, sofern dazu keine berufliche Notwendigkeit bestand. Keine der beiden hatte ihn in die Klinik oder ins Port-Royal begleitet, sie hatten vormittags in der Avenue Henri-Martin die Stellung gehalten und sich um die Post und um das Telefon gekümmert.

Seit Viviane ihn überallhin begleitete, mussten sie zu bestimmten Zeiten das Telefon an einen Plattenspieler anschließen, der dann die Anrufer bat, sich an die Klinik zu wenden. Das System war kompliziert, führte zu Verzögerungen und Missverständnissen, die wiederum Mademoiselle Roman, die Verwaltungsdirektorin, in Harnisch brachten. Ihre scheinbare Sanftmut täuschte über ihre Dickköpfigkeit hinweg, und es hatte Chabots ganzer Autorität bedurft, damit sie Viviane widerstrebend eine Ecke in ihrem Büro abtrat.

Kaum hatte er die verglaste Eingangstür über der Freitreppe durchschritten, da entdeckte er hinten auf dem Gang, neben dem Wartezimmer, eine Gruppe von Leuten, die beim Reden heftig gestikulierten. Es waren dunkelhäutige, sehr schwarzhaarige Männer, gegen die sich Mademoiselle Roman nur mit Mühe behauptete.

Sie lief dem Professor entgegen.

»Sie wollen unbedingt die Dame von Zimmer elf besuchen. Ich kann ihnen noch so oft wiederholen, dass Sie es strikt untersagt haben, sie sagen, sie seien von der

Botschaft hergeschickt worden und hätten ihre Weisungen. Sie haben so viel Blumen gebracht, dass wir gar nicht wissen, wo wir sie hintun sollen. Es ist eine Dame dabei, die kein Französisch spricht und die noch hartnäckiger ist als die Männer ...«

Sicher hielt sie sich gerade im Warteraum auf, denn er bekam sie erst später zu Gesicht: eine noch junge, sehr fette und schon am Morgen über und über mit Schmuck behangene Frau, die einen an eine Wahrsagerin denken ließ.

»Ich glaube kaum, dass sie sie jetzt besuchen können. Ich rufe Sie von oben aus an.«

»Einer von ihnen scheint so etwas wie ein Priester zu sein und soll irgendeine Zeremonie in Anwesenheit des Kindes vollziehen ...«

In Gedanken versunken ging er hinauf und schlüpfte in seinen weißen Kittel. Wenn die Oberschwester nicht Dienst hatte, war sie dennoch stets abrufbereit, weil sie im obersten Stockwerk der Klinik wohnte. Mademoiselle Blanche war auch gerade nicht da, und der Professor traf im Zwielicht des Zimmers Nummer II Madame Lachère an, die erst drei Monate zuvor geheiratet hatte. Die Rollos waren heruntergelassen. Man hörte nur die Atemzüge der Patientin. Er warf einen Blick auf die Fieberkurve und runzelte die Stirn.

»Ist sie noch immer nicht zu sich gekommen?«

»Doch, so gegen acht Uhr.«

»Hat sie erbrochen?«

»Sie hat es versucht, hat aber nur etwas Schleim von sich gegeben. Da sie starke Schmerzen hatte, habe ich Mademoiselle Boué angerufen, die mir gesagt hat, ich soll ihr einen Eisbeutel auf den Bauch legen und ein schmerzstillendes Mittel geben.«

Das stand zusammengefasst, in den üblichen Abkürzungen, auf dem Krankenblatt, das der Arzt in der Hand hielt. Aus Gewohnheit fragte er dennoch nach.

Besorgt über die Temperatur, die anstieg, statt zu sinken, fühlte er den Puls.

»Hat sie nicht nach dem Kind verlangt?«

»Sie wollte wissen, ob es lebt und ob es ein Junge ist. Als ich ja gesagt habe, ist sie sofort wieder eingeschlafen. Seither stöhnt sie von Zeit zu Zeit, schlägt im Schlaf um sich und versucht, die Decke abzuschütteln und den Infusionsschlauch herauszureißen. Ich lasse sie keinen Augenblick allein.«

»Ich komme bald wieder.«

Wegen der heruntergelassenen Rollos konnte er nicht hinaussehen. Er setzte seinen Rundgang in Richtung Zimmer 7 fort und begegnete unterwegs Krankenschwestern und Zimmermädchen in hellblauer Uniform, die lautlos durch die Gänge huschten und fast alle irgendetwas in der Hand hatten.

Sein Assistent, Doktor Audun, der immer einige Patientinnen betreute und den Professor vertrat, wenn dieser nicht in Paris war, befand sich wohl gerade im Stockwerk darüber, in der Gynäkologie.

Ob Audun, den Chabot vor einigen Jahren eingestellt hatte, ihn für einen großen Chef hielt? Was dachte er über den Professor als Mensch? Hatte sich, während er ihm Tag für Tag aus der Nähe zusah, seine anfängliche Bewunderung nicht verflüchtigt? Wandte er nicht, wenn er mit ihm sprach, bisweilen den Blick ab, und sah es nicht manchmal so aus, als wollte er gewisse Patientinnen für sich behalten oder eine Diagnose nachprüfen?

Vielleicht existierte das alles nur in Chabots Einbildung. Er wusste es nicht mehr. Er grübelte zu viel nach und, kein Zweifel, stets über sich selbst. Er klopfte an die Tür Nummer 7 und traf die Patientin nicht im Bett an. Sie war auf, im Morgenmantel, und damit beschäftigt, ihre persönlichen Dinge wie in einem Hotelzimmer in Schubladen und Schränke zu räumen.

Es war nicht das erste Mal, dass sie hier war. Sie hatte bereits zwei Kinder, die beide in Les Tilleuls zur Welt gekommen waren, wo sie sich ebenso unbefangen fühlte wie im Sprechzimmer in der Avenue Henri-Martin.

»Sie haben noch Zeit, mit Ihrer Familie zu Mittag zu essen, Professor. Wenn ich in dem Tempo weitermache, ist es frühestens in drei bis vier Stunden so weit.«

Sie lachte, als ob sie jemandem einen Streich spielte. Sie lachte immer. Sie hieß Madame Roche. Ihr Mann, der an die zwanzig Jahre älter war als sie, leitete eine Möbelfabrik, deren Werbung in den Gängen der Metro zu sehen war. Rund und munter, tat sie nichts, um abzunehmen, und wenn sie schwanger war, fand sie es hinreißend, dass sie ungeheuer dick wurde, und voller Stolz trug sie ihren Bauch bis zum letzten Tag in Kaufhäusern, Restaurants und im Theater spazieren.

In der Avenue Henri-Martin hatte sie jede Woche, sobald sie nackt und rosig auf die Waage gestiegen war, schon im Voraus gelacht.

»Gleich werden Sie feststellen, dass ich wieder zwei Kilo zugenommen habe!«

Ihr Benehmen war von gelassener Ungeniertheit.

»Sie wollen mich doch sicher noch untersuchen?«

Sie legte sich in derselben Haltung wie auf dem gynäkologischen Stuhl in seinem Sprechzimmer auf das Bett.

»Ich wette um was Sie wollen, dass es größer sein wird als die andern und dass es ein Junge ist …«

Kaum spürte sie, dass sich das Kind in ihrem Bauch regte, da mühte sie sich redlich, an seinen Bewegungen zu erkennen, ob es ein Mädchen oder ein Junge war, und bisher hatte sie sich nicht getäuscht.

»Hoffentlich kommt der Kopf zuerst!«

Bei ihrem letzten Kind, einer Tochter, war der Steiß zuerst erschienen, und obgleich die Geburt schwierig gewesen war, hatte Madame Roche jegliche Betäubung abgelehnt.

»Ich hab meinem Mann gesagt, er soll gegen zwei Uhr anrufen. Es ist früh genug, wenn er herkommt, sobald man mich in den Kreißsaal bringt. Das Gefühl, dass er da unten auf und ab läuft, macht mich ganz kribbelig.«

Chabot hatte sie nie ängstlich oder schlecht gelaunt gesehen. Sie kannte die Krankenschwestern und Zimmermädchen, nannte sie bei ihren Vornamen und ließ schachtelweise Schokolade für sie kommen. War das Kind erst einmal geboren, brachte ihr Mann Champagner, und sie lud alle dazu ein.

Schon jetzt war das Zimmer voller Blumen, und sie hatte für jeden Strauß die passende Vase verlangt.

Auf dem Nachttisch lagen Notizblock und Bleistift.

»Erinnern Sie sich, Professor?«

Beim letzten Mal hatte sie selbst die Wehen aufgeschrieben, zuerst alle zwanzig Minuten, dann alle zehn und schließlich alle drei Minuten.

»Bei drei Minuten rufe ich Sie. Einverstanden?«

»Rufen Sie mich lieber bei zehn.«

Durch das Fenster warf er einen Blick auf die Straße, aber von hier aus konnte er nur ein schmales Stück des Gehsteigs sehen.

Sein nächster Besuch galt dem Säuglingszimmer, in dem fünf Neugeborene nebeneinander in Wiegen aus Segeltuch lagen, während eine Schwester gerade einem sechsten die Flasche gab.

Er untersuchte das Kind der Ägypterin, von dem man hätte meinen können, es habe keine Stirn, so tief war der Ansatz seiner schwarzen, ziemlich langen Haare.

»Rufen Sie Mademoiselle Roman an, dass diese Herren ihn anschauen können, selbstverständlich nicht hier drinnen, sondern auf dem Flur oder sonst wo. Aber passen Sie auf, dass keiner ihn anfasst ...«

Reine Routine. Scheinbar ruhig ging er von Zimmer zu Zimmer, sah sich Fieberkurven oder Berichte an, die man ihm reichte, und setzte sich da oder dort für ein paar Minuten hin, um einer Kranken Mut zuzusprechen.

Hätte irgendjemand argwöhnen können, dass er sich in Gedanken mehr mit dem Gehsteig gegenüber als mit seinen Patientinnen beschäftigte?

Zweimal war der Mann an einem Dienstag im Lauf des Vormittags gekommen, das letzte Mal am Samstag, vielleicht waren das seine freien Tage.

Falls er es auch zu irgendwelchen anderen Zeiten gemacht haben sollte, dann hatte Viviane wohl den Zettel entfernt, ohne Chabot etwas davon zu sagen. Das war gut möglich. Sie hätte ihm ja auch von dem Polizeiinspektor nichts erzählt, wenn er ihn, als er an der Glastür von Mademoiselle Romans Büro vorbeiging, nicht zufällig erkannt hätte.

Verhielt sich seine Sekretärin so, weil sie ihn beschützen wollte? Er führte die Klinik und das Personal gewissermaßen mit starkem Arm, von der Avenue Henri-Martin und seiner Station in der Entbindungsanstalt Port-Royal ganz zu schweigen. Er trug die Verantwortung für seine Assistenten, für seine Schüler. Er flößte Hunderten von Frauen Vertrauen ein.

Nichtsdestoweniger war er davon überzeugt, dass er

in den Augen von Viviane Dolomieu, die alles, was sie konnte, erst von ihm gelernt hatte, ein schwaches Geschöpf war, das man beschützen musste.

Sahen ihn andere auch so?

Zweimal setzte er von neuem zu seinem Rundgang an. Schließlich stellte er sich an ein Fenster, von dem aus er den besten Überblick über die Straße hatte, und diesmal stand, wie er es seit dem Morgen geahnt hatte, der Mann da, reckte die Nase hoch, um aufmerksam die Klinikfassade zu betrachten, und starrte dann unverwandt auf das Fenster, von dem aus Chabot ihn beobachtete.

Woher kannte er den Professor? Hatte ihm jemand vom Personal gezeigt, wer er war, als er vielleicht gerade die Freitreppe hinunterging, um in sein Auto einzusteigen? Oder hatte er ihm zunächst in der Avenue Henri-Martin aufgelauert?

Trotz der Entfernung und der kahlen Bäume, die sie voneinander trennten, standen sie sich sozusagen zum ersten Mal Auge in Auge gegenüber, hatte Chabot doch bislang nichts als eine Silhouette, ein vages Profil wahrgenommen.

An diesem Tag hielt er sich absichtlich länger am Fenster auf, mit verkniffenem Gesicht, ohne sich um das Kommen und Gehen der Schwestern und Zimmermädchen hinter seinem Rücken zu kümmern, wie gebannt von dieser Person, die ihm nichts bedeutete und die so schlagartig in sein Leben eingedrungen war.

Der Mann mochte dreiundzwanzig oder vierund-zwanzig Jahre alt sein und trug trotz der Jahreszeit kei-nen Mantel. Sein unauffälliger Anzug war schlecht ge-schnitten, aus ziemlich grobem Stoff, wie die Leute vom Land sie in der nächsten Stadt von der Stange kaufen. Er hatte klobige Schuhe an, und sein wettergebräuntes Gesicht ließ die blonden Haare noch heller erscheinen.

Wenn Chabot es nicht aus anderen Gründen bereits gewusst hätte, hätte er dann erraten, dass sein Gegen-über aus dem Osten des Landes stammte, ein Bauern-bursche, der kürzlich aus seinem Dorf in der Umge-bung von Straßburg gekommen war?

Aus seinen Augen sprachen Naivität und zugleich Eigensinn. Dies war ein von einer einzigen Idee beses-sener Mann, und Chabot erinnerte sich an solche Ge-sichter, die ihm seinerzeit im Sainte-Anne, als er sich der Psychiatrie verschrieben hatte, an Geistesgestörten aufgefallen waren.

Hatte ihn Viviane unten, vom Büro der Direktion aus, ebenfalls entdeckt?

Es sah so aus, als redete er, vielleicht in seinem Dia-lekt, mit sich selbst und als sagte er eine Art Zauber-spruch auf, wobei er seine Blicke nicht von dem Gesicht am Fenster abwandte.

Dann überquerte er langsam die Fahrbahn, blieb ein erstes Mal stehen, um ein Auto vorbeizulassen, und ein zweites Mal, zögernd, vor dem Tor. Er hob den Kopf, um sich davon zu überzeugen, dass Chabot ihm zuschaute, näherte sich mit ein paar raschen Schritten dem Sportwagen und schob ein Blatt Papier unter den Scheibenwischer.

Ehe er sich entfernte, pflanzte er sich noch einmal auf dem Gehsteig gegenüber auf, ballte die Fäuste und ging schließlich nur widerstrebend mit schleppendem Schritt davon.

Der Professor wartete, bis er sicher war, dass Viviane den Vorfall nicht bemerkt hatte und nicht hinunterlief, um den Zettel zu holen.

Nichts rührte sich. Er begab sich zur Hintertreppe, erreichte den Garten durch eine Seitentür und zündete sich eine Zigarette an, womit er sich den Anschein gab, nur frische Luft zu schnappen.

Er war hier der Hausherr, in einem Krankenhaus, das ihm gehörte, und dennoch empfand er das Bedürfnis, sich zu verstecken. Allerdings versteckte er sich hier wie in seiner Wohnung ja auch dreimal, fünfmal am Tag, um Cognac zu trinken, und kaute danach Chlorophylldragées.

Während er wieder zurückging und dabei aufpasste, dass der Kies unter seinen Schritten nicht knirschte, warf er einen Blick auf das Papier, das er in der Hand hielt, ein aus einem Schulheft herausgerissenes Blatt, auf das eine ungeübte Hand vier Worte geschrieben hatte:

Ich bring Si um

Die Buchstaben waren ungelenk und spitz, wie von jemandem gekritzelt, der an die deutsche Schreibschrift gewöhnt war. Auch diesmal fehlte dem Wort »Sie« wieder das E.

»Doktor Audun lässt fragen, ob Sie zu ihm auf Zimmer einundzwanzig kommen könnten, Professor.«

Eine Frau, die eine Eileiterschwangerschaft gehabt und bei der er vier Tage vorher einen Bauchschnitt vorgenommen hatte. Den nicht betroffenen Eileiter hatte er erhalten, aber Auduns Blick sagte ihm, dass eine zweite Operation unumgänglich sein würde.

Obwohl die Patientin sehr geschwächt war, beobachtete sie dennoch argwöhnisch die beiden Ärzte, und sie konnten erst später im Büro des Assistenten ein paar Minuten über den Fall reden.

»Warten wir noch bis morgen«, entschied er schließlich.

Erweckte er den Eindruck eines Menschen, den seine privaten Sorgen daran hindern, über seine Arbeit nachzudenken? Sah er etwa wie ein Mensch aus, der Angst hat?

Er hatte keine Angst, keine Angst zu sterben, jedenfalls so wenig, dass er schon mehrmals lächelnd den Knauf der Automatikpistole in der rechten Schublade seines Schreibtisches gestreichelt hatte.

Jahrelang hatte er nicht an diese Waffe gedacht, die er im Handschuhfach seines Wagens aufzubewahren und samt Sonnenbrille, Straßenkarten und verschiedenem

Kleinkram umzuräumen pflegte, wenn er sich ein neues Auto anschaffte.

Er hätte weder das Fabrikat nennen noch sagen können, ob sie geladen war, ja nicht einmal, wie man sie eigentlich entsicherte.

Er hatte sie seit mindestens zehn Jahren. Sie stammte noch aus der Zeit, in der sie, seine Frau und er, manchmal Spazierfahrten für Verliebte unternahmen, wie sie das nannten. Wie alt war David damals? Noch keine sechs Jahre, denn er hatte ein Kindermädchen und ging noch nicht zur Schule.

Als Ziel steuerten Christine und er oft einen bekannten Gasthof an, vierzig bis fünfzig Kilometer von Paris entfernt, mal in Richtung Forêt de Saint-Germain, mal in der Gegend von Fontainebleau. Nach einem erlesenen Abendessen mit einer Flasche altem Wein fuhren sie kreuz und quer durch die Nacht.

Mittlerweile fragte er sich, was sie sich dabei erzählt haben mochten. Wahrscheinlich hatte meistens er geredet. Er hatte kurz zuvor die Klinik gekauft, und die damit verbundenen Probleme zogen ihn noch ganz in ihren Bann. Sehr wichtig war ihm auch ein Buch über die krankhafte Vermehrung des Fruchtwassers gewesen, an dem er arbeitete und das inzwischen erschienen war.

Als sie eines Nachts auf einer einsamen Landstraße nach Hause fuhren, hatte er auf dem Randstreifen ein Auto stehen sehen. Jemand schwenkte ein Licht, als bitte er um Hilfe. Instinktiv hatte er gebremst. Er erinnerte sich daran, dass es sein erster schneller Sportwagen war und dass Sommer gewesen sein musste, weil sie mit offenem Verdeck unterwegs waren. Christine hatte ihm gerade noch rechtzeitig zugerufen:

»Vorsicht, Jean!«

Im selben Augenblick entdeckte er im Rückspiegel zwei Schatten, die sich näherten, während vor ihnen ein Mann die Arme ausbreitete, um die Straße zu sperren. In einer Reflexbewegung trat er das Gaspedal bis zum Anschlag durch. Der Wagen preschte davon.

»Ich bin mir fast sicher, dass der, der vor uns stand, eine Waffe in der Hand hatte ...«

Sie erlangte keine Gewissheit darüber. Er auch nicht. Er machte sich sogar Vorwürfe. Nur wie durch ein Wunder war er dem Unbekannten ausgewichen. Am nächsten Tag lasen sie dann in der Zeitung, dass ein Autofahrer eine halbe Stunde später an genau dieser Stelle ausgeraubt worden war.

Weil Christine befürchtete, ein solches Abenteuer könnte sich wiederholen, hatte er versprochen, einen Revolver zu kaufen, danach aber nicht mehr daran gedacht. Schließlich hatte ihm sein Schwager, der Waffen aller Art sammelte, die Pistole geschenkt.

Wann hatte er sie eigentlich aus dem Wagen genommen und in die Schreibtischschublade gelegt? Vor zwei Jahren? Vor drei? Er wusste nur noch, dass er sich eines Nachts, als er allein nach Hause kam und das Eisenbett in der Abstellkammer betrachtete, plötzlich gefragt hatte:

»Wozu?«

Wie ein Refrain kam ihm diese Frage mit schöner Regelmäßigkeit wieder in den Sinn. Stets in den immer häufiger auftretenden Momenten, in denen er sich, wie er es nannte, »draußen« fühlte – das war das einzige Wort, das er gefunden hatte, um eine gewisse von Schwindelanfällen begleitete Leere auszudrücken.

Hatte seine Frau nicht, als Lise noch ein kleines Mädchen war, schon behauptet, sie habe von ihrem Vater die Fähigkeit geerbt, von einem Augenblick zum anderen die Welt um sich herum abzuschütteln, einfach »nicht mehr da zu sein«?

Er dachte nicht wirklich an Selbstmord. Wenn er bisweilen die Schublade öffnete und seine Finger über das bläuliche Metall der Pistole streichen ließ, dann tat er dies eher, um sich zu beruhigen. Letzten Endes ist nichts wichtig, ist nichts wirklich schlimm, ist nichts hoffnungslos, wenn man doch jederzeit die Möglichkeit hat, sich auf und davon zu machen.

Teilen denn nicht alle Menschen diese Auffassung, auf jeden Fall viele von ihnen? Er wagte nicht, seine Kollegen danach zu fragen und noch weniger seine Schüler, die ja im Übrigen noch nicht genug erlebt hatten.

Er würde nicht nur gern erfahren, was Zeugen über ihn aussagten, sondern auch über andere; zum Beispiel, gerade wieder an diesem Morgen, über Madame Roche,

die ständig fröhlich war und für die das Leben eine fort-
während Lustpartie zu sein schien.

War sie zu Hause auch so, vertraute sie auf ihre Mit-
menschen, auf sich selbst und auf das Schicksal? Empfand sie, während sie ihre Sachen einräumte und auf die
ersten Wehen wartete, nicht doch eine gewisse Furcht?

Sie sang, und sie scherzte mit den Krankenschwestern, die sie besuchen kamen. Was bewies denn, dass das
nicht ebenfalls eine Maske war, eine andere Maske als
seine, aber dennoch eine Maske?

Erweckte er nicht auch den Eindruck, sich seiner
selbst so sicher zu sein, dass es seine Kollegen mitunter
ärgerte?

Er ging von einem Stockwerk ins andere, betrat hastig
sein Büro und schloss sich dort ein, um die Flasche aus
einem Schrank zu holen, zu dem nur er den Schlüssel
hatte.

Täte er nicht besser daran, künftig die Pistole bei sich
zu tragen? Wenn der Elsässer vielleicht kein Verrückter
im klinischen Sinn des Wortes war, so wies er doch die
sichtbaren Merkmale eines Besessenen auf. Ein Mann
mit einer fixen Idee. Bisher hatte er sich damit begnügt,
ihm Drohbriefe unter den Scheibenwischer zu stecken,
obwohl er jeden Tag oder jeden Dienstag, falls er nur an
diesem Tag freihatte, Gelegenheit zum Schießen gehabt
hätte. Wie lange würde das noch dauern?

Wo lebte er? Hatte er Arbeit gefunden? Stieß er seine
Drohungen nur aus, um sich Mut zu machen, oder

wollte er, ehe er handelte, die Angst des Mannes, den er hasste, auskosten? Wartete er nur darauf, ihn einmal ohne Viviane anzutreffen?

Was wusste die Sekretärin wirklich? Alles? Fast alles? Warum hatte sie in sechs Monaten nie eine Anspielung auf das dralle, rosige Zimmermädchen gemacht, dessen Namen er erst kürzlich aus den Zeitungen erfahren hatte?

Für ihn war sie der Teddybär gewesen, wie er sie in seinem Innersten in der ersten Nacht genannt hatte, während das Taxi ihn in die Avenue Henri-Martin zurückbrachte.

Zwei Frauen hatten in jener Nacht entbunden, und Doktor Audun war gerade auf einem Ärztekongress in Italien. Wie gewöhnlich hatte Chabot Viviane nach Hause geschickt. Er erinnerte sich noch daran, dass sie ihr Abendessen in einem Restaurant bei Les Halles nicht beenden konnten, weil man ihn genau in dem Moment rief, in dem das Dessert aufgetragen wurde.

Er war von einem Zimmer ins andere gegangen, hatte sich mal an das eine, mal an das andere Bett gesetzt und Madame Doué und den Schwestern knappe Anweisungen erteilt. Die Klinik war damals voll belegt, und wie das immer so ist, spürten die Patientinnen, die gar nicht betroffen waren und eigentlich hätten schlafen sollen, die Nervosität, die in der Luft lag, und klingelten nacheinander unter allen möglichen Vorwänden.

In Zimmer 5 gab's Zwillinge, so kurz vor und nach

Mitternacht, dass man sich fragte, welches Datum man beim Standesamt eintragen lassen sollte.

Die zweite Patientin, eine Erstgebärende, hatte nur unregelmäßige Wehen, die schon seit dem Morgen anhielten und ihr alle Kraft raubten; Chabot wurde die Zeit ebenfalls lang, und er legte sich mehrmals für eine Weile hin.

Um vier Uhr kam die Frau dann doch nieder, bald danach verschwand der Großteil des Personals, und die von den Nachtlampen nur spärlich erleuchteten Gänge wurden wieder menschenleer und still.

Er hatte in dieser Nacht zwei oder drei Cognac getrunken. Gerade als er seinen Schrank wieder zuschloss und in den Straßenanzug schlüpfen wollte, nahm er ein ärgerliches Klingeln wahr. Mechanisch ging er nachschauen. Der Ruf kam aus Zimmer 9, von einer ziemlich anspruchsvollen Patientin, die sechs Tage zuvor entbunden hatte und nun aus irgendeinem Grund nach dem Zimmermädchen läutete.

Ohne jemanden zu sehen, gelangte er bis ans Ende des Flurs im hinteren Teil des Gebäudes, in den Aufenthaltsraum für die Nachtwache. Das Zimmer wurde nur von dem schwachen Lichtschein erhellt, der vom Gang hineindrang. Auf dem Bett konnte er blonde Haare und ein schlafendes Gesicht ausmachen, ein beinahe noch kindliches Gesicht, wie er überrascht feststellte, auf dem der Schlaf heiße, rote Flecken hervorgerufen hatte.

Er kannte das Mädchen nicht. Sie musste kurz zuvor ihre Stelle in der Klinik angetreten haben, vielleicht erst an diesem Tag. Wie das beim Nachtdienst oft vorkommt, hatte sie unter ihrem bis zur Taille aufgeknöpften, hellblauen Arbeitsmantel fast nichts an.

So angestrengt er auch in seinen Erinnerungen eines Mannes von nahezu fünfzig Jahren kramte, er fand darin kein so bezauberndes und zugleich so rührendes Bild. Man spürte, dass sie in den tiefsten Tiefen eines festen Schlafs versunken war, und ihre Unterlippe wölbte sich vor Wohlbehagen wie zu einem Schmollmund.

Als er sich über sie beugte, um ihr an die Schulter zu tippen, wachte sie nicht auf. Nur ein kurzes Zittern ging durch ihren Körper. Man hätte meinen können, die Berührung habe sich in ihren Traum eingefügt.

Wer sollte ihm heute glauben, wenn er von Zärtlichkeit sprach? Dennoch war es eine zärtliche Bewegung, mit der er ihren Kittel auseinanderschob, um ihre Brüste freizulegen. Sie fühlten sich schwer und warm an, und das Mädchen zuckte noch einmal zusammen, doch diesmal glitt ein vages Lächeln über ihr Gesicht.

Noch nach Monaten konnte er nicht sagen, ob sie sich in jener Nacht dessen, was geschah, bewusst war. Sie hatte die zarte Haut einer Blondine, und auf dem feuchtwarmen Bett, auf dem sie so unschuldig aussah, erinnerte sie ihn an jene großen Teddybären, die die Kinder im Schlaf an sich drücken.

Er suchte nicht nach Entschuldigungen, er weigerte sich, seine Tat zu rechtfertigen. In seinem Innersten, vor seinem eigenen Gewissen, wusste er nur eins: Nie in seinem Leben hatte er sich so rein gefühlt.

Von sich aus breitete sie, sobald sie seinen Körper an ihrem spürte, die Arme aus und schob die Knie auseinander, dabei zuckte sie nicht einmal mit den Wimpern und lächelte weiter. Dann öffnete sich ihr Mund zu einem leichten Stöhnen, und schließlich begannen ihre Lider zu zittern, ohne dass er jedoch auch nur den geringsten Schimmer eines Blicks hätte erhaschen können.

In dem Moment, in dem er auf Zehenspitzen hinausschlich, drehte sie sich mit einer einzigen Bewegung auf den Bauch und schlief weiter.

Die Klingel von Nummer 9 hatte noch immer mit kurzen Unterbrechungen angeschlagen. Schließlich war er auf Mademoiselle Blanche gestoßen, die aus einem anderen Zimmer herauskam, und er hatte sie belogen.

»Anscheinend ist gerade niemand greifbar.«

»Ich geh schon!«, hatte sie geantwortet, obwohl das nicht zu ihren Aufgaben gehörte.

Bis zum Ende der Woche hatte er seinen Teddybären nicht mehr gesehen, und erst als er in einem Krankenzimmer plötzlich dem jungen Mädchen gegenüberstand, merkte er an ihrem Akzent, dass sie Elsässerin und wahrscheinlich erst vor kurzem in Paris eingetroffen war.

Sie wurde rot und wagte nicht, ihm ins Gesicht zu schauen. Trotzdem war er sicher, dass sie ihm nicht böse, sondern sogar dankbar war.

Wie fast alle Angestellten arbeitete sie eine Woche lang am Tag und in der darauffolgenden Woche nachts. Als sie das nächste Mal Nachtdienst hatte, lauerte Chabot vergebens auf eine günstige Gelegenheit. Natürlich trafen sie sich bisweilen in den Gängen und in den Zimmern der Patientinnen. Sie setzte ihrerseits auch alles daran, damit sich ihr gewissermaßen wundersames Schäferstündchen wiederholen könne. Dennoch mussten sie einen Monat warten.

Als er sich schließlich doch zum zweiten Mal ihrem Bett näherte, verriet ihm ihr schelmischer Gesichtsausdruck, dass sie nicht schlief. Sie sagten beide nichts, zum Teil aus Angst, man könnte sie hören, doch sie schlug danach die Augen auf, und als er sich zum Gehen anschickte, griff sie nach seiner Hand und drückte einen Kuss darauf.

Noch zweimal bot sich in jener Woche erneut die Gelegenheit, zwei Nächte hintereinander, und Chabot hatte sich noch nie so unbeschwert gefühlt. Für ihn war es wie ein Wunder, wie ein unerwartetes Geschenk, das erste in seinem Leben, für das er nicht bezahlen musste, und er ertappte sich ein paarmal dabei, dass er heimlich in das Zimmer seines Sohns schlich, um den Kopf des Teddybären zu streicheln, den David aufgehoben hatte.

In der darauffolgenden Woche hatte er die Elsässerin in der Klinik nicht wiedergesehen, weder tagsüber noch nachts, und er hatte nicht gewagt, sich nach ihr zu erkundigen. Die Mitglieder der Belegschaft nahmen ihren

Jahresurlaub abwechselnd, möglicherweise machte sie gerade Ferien.

Dennoch war ihm ein Verdacht gekommen, und hin und wieder betrachtete er Viviane verstohlen, weil er an ihr kaum wahrnehmbare Veränderungen zu entdecken glaubte. Sie beobachtete ihn ebenfalls, und wenn ihre Blicke sich trafen, war sie es, die den Kopf abwandte.

Er wartete drei Wochen, ehe er sich nicht etwa an seine Sekretärin, sondern an Mademoiselle Roman wandte.

»Was ist denn aus dem kleinen Zimmermädchen mit dem elsässischen Akzent geworden?«

Er hatte ganz beiläufig gefragt, als spräche er über eine belanglose Kleinigkeit, und die Reaktion der Direktorin überraschte ihn.

Zunächst schien sie aus allen Wolken zu fallen, dann schwante ihr offensichtlich etwas.

»Hat Ihnen Mademoiselle Viviane nichts davon gesagt? Sie hatte doch die unerfreulichen Auskünfte über diese Person erhalten und mir erzählt, dass sie sich in ihrer vorherigen Stelle Unredlichkeiten hat zuschulden kommen lassen. Ich dachte, Sie wüssten Bescheid. Ich hatte sogar den Eindruck, dass Sie es waren, der dringend geraten hatte, das Mädchen zu entlassen.«

Wozu sollte er von Viviane Rechenschaft fordern? Er hatte lieber geschwiegen. Die Direktorin musste ihr allerdings von diesem Gespräch berichtet haben, sodass von da an beide wussten, dass der andere im Bilde war.

Nach außen hin hatte sich an ihrem Verhältnis nichts geändert, und anstatt nach Hause zu fahren, verbrachte er weiterhin mehrmals den Rest der Nacht bei Viviane in der Rue de Siam.

Mit ihr war es noch nicht ganz so wie mit Christine. Irgendetwas, das sich kaum erklären ließ, verband sie nach wie vor miteinander, vielleicht eine gewisse Komplizenschaft, vielleicht auch nur Chabots Bedürfnis, ständig jemanden um sich zu haben, und seine Trägheit, nach jemand anderem zu suchen.

Obendrein fühlte er sich schuldig, sowohl seiner Frau als auch Viviane gegenüber, die seinetwegen nie ein in den Augen der Leute normales Leben kennenlernen würde. Er war an seinen Kindern schuldig geworden, am Teddybären, eigentlich an allen und jedem, weil er ja alle glauben ließ, ein anderer Mensch zu sein, als er in Wirklichkeit war.

Er lebte mitten unter ihnen, aber nicht mit ihnen. Und gerade weil er zu niemandem gehörte, hinderte ihn auch nichts daran abzutreten, wann immer es unerträglich werden sollte.

So hatte er an jenem Morgen nicht eingegriffen, an dem er durch das Fenster, durch dasselbe Fenster wie gerade eben, beobachtet hatte, wie die Elsässerin durch das Tor kam und auf die Freitreppe zuging, wobei sie damals, in Straßenkleidung, wie ein armes Mädchen vom Lande ausgesehen hatte.

Er war auf das, was geschehen war, gefasst gewesen,

er hatte geahnt, dass sie nicht bis zu ihm vordringen würde, und in der Tat kehrte sie Augenblicke später wieder auf die Straße zurück.

Etwa zwei Monate danach hatte er sie ein letztes Mal wiedergesehen, genauer gesagt, in der Dunkelheit nur flüchtig wahrgenommen, durch einen heftigen Gewitterregen hindurch. Er hastete gerade mit Viviane zum Wagen und hatte die Tür schon geöffnet, als sich ein Gesicht aus dem Schatten löste; eine Gestalt kam auf ihn zu, eine Hand, so schien ihm, streckte sich ihm entgegen, aber es war zu spät. Ein kurzes Zögern, schon hatte er die Tür zugeschlagen, und Viviane ließ den Motor an.

Diesmal äußerte sich die Sekretärin.

»Die hat es faustdick hinter den Ohren.«

Er schwieg. Wozu sollte er antworten? Um Viviane zum Umkehren zu zwingen? Sollte er versuchen, das Mädchen in der Dunkelheit zu finden, und sich im strömenden Regen bei Blitz und Donner mit ihr aussprechen?

Worüber? Was sollte er mit ihr anfangen? Er wusste ja nicht, ob Viviane nicht recht hatte.

»Wo wollen wir essen?«

Sie waren zum Chez Lucien gefahren. Er hatte sich zwei Martinis statt einem zugestanden, und Viviane hatte während des Essens mehrmals nach seiner Hand gegriffen, wie er es bei seinen Patientinnen machte, um sie von der Angst oder von ihren Schmerzen abzulenken.

Dem Inspektor war er drei oder vier Jahre zuvor schon einmal begegnet, anlässlich eines Diebstahls, der nicht in einem der Zimmer, sondern im Wirtschaftstrakt begangen worden war. Nun hatte er ihn plötzlich eines Morgens im Büro von Mademoiselle Roman entdeckt, als er ihr gerade ein Foto zeigte.

Ob seine Sekretärin gefürchtet hatte, er würde plötzlich hereinplatzen und sich erkundigen, was denn hier los sei? Er hatte nichts dergleichen getan, sondern war brav zum Fahrstuhl gegangen.

Mittags hatte er, während sie ins Auto stiegen, gefragt:

»War es ihretwegen?«

»Ja.«

»Tot?«

»Ja.«

»Wie?«

»Die Seine.«

Wenngleich er an jenem Abend wieder in Davids Zimmer geschlichen war, so hatte er doch nicht gewagt, den Teddybären anzufassen. Er hatte sich damit begnügt, ihn von weitem zu betrachten, mit geröteten Augen, die weniger darauf zurückzuführen waren, dass er geweint, als darauf, dass er zu viel Cognac getrunken hatte.

Am nächsten Tag versteckte er sich, um die Zeitung zu lesen, und fand, was er suchte. Das Foto aus dem Personalausweis war schlecht, das junge Mädchen sah darauf beinahe hässlich aus.

Ihr Vorname war Emma. Ihren Nachnamen behielt er nicht, es war ein deutscher Name auf *-ein.*

Man hatte sie an der Schleuse von Suresnes, unterhalb von Paris, aus der Seine gefischt. Obwohl ihr Leichnam mehrere Tage lang im Wasser gelegen hatte, konnte der Gerichtsarzt feststellen, dass sie im vierten oder fünften Monat schwanger gewesen war.

Die Zeitung fügte hinzu, das Mädchen habe nach seiner Ankunft in Paris, im Alter von achtzehn Jahren, zunächst in einer Klinik gearbeitet, die nicht genannt wurde, und danach eine Stelle als Küchenhilfe in einem Restaurant an der Bastille gefunden.

3

Die Vorlesung in der Klinik,
das Mittagessen im Familienkreis
und die Karriere von David

Um von Auteuil zum Port-Royal zu gelangen, war er im Lauf der Jahre auf verschiedenen Strecken gefahren, weil er wegen einer neuen Einbahnstraße oder wegen Bauarbeiten manchmal die Route hatte ändern müssen. Das war für ihn die einzige Gelegenheit, bei der er mit der Straße in Berührung kam, aber auch die einzige Gelegenheit, bei der er sich wirklich entspannen konnte, vor allem seit er nicht mehr selbst am Steuer zu sitzen brauchte.

Wenn das Auto über den Pont Mirabeau fuhr, reckte er meistens den Hals nach einem Schleppzug oder nach Booten, die am Quai festgemacht hatten. In der Rue de la Convention kannte er die einzelnen Geschäfte, die Farbe der Fassaden, die wenigen ein- oder zweistöckigen Häuser, die sich zwischen den neuen hohen Bauten, deren Seitenwände mit Reklame verunziert waren, noch halten konnten.

Er ging immer weniger zu Fuß. Dazu hatte er keine Zeit mehr. Er hätte nicht sagen können, seit wie vielen Jahren er nicht mehr Metro oder Bus gefahren war, und er fühlte sich in der Menge verloren, ja beinahe beängstigt.

Ob der Elsässer mit den großen Schuhen, nachdem er der Avenue des Tilleuls den Rücken gekehrt hatte, wohl in die Metro eingestiegen war? Gehörte er nicht eher zu jenen, die zu Fuß quer durch Paris gingen, mit schleppendem Schritt, da und dort stehen blieben, um die Straßenschilder zu lesen? Schüchterte ihn das Leben und Treiben um ihn herum nicht auch ein wenig ein?

Sicher ließ er sich nicht beirren und grübelte über seine fixe Idee nach. Ob er der Bruder des Teddybären war? Oder ein Freund aus ihrer Gegend, den sie hatte sitzenlassen? Chabot hatte vorhin, als er sein Gesicht eingehend betrachtete, nach einer Ähnlichkeit gesucht und dabei festgestellt, dass es ihm schwerfiel, sich die Züge des jungen Mädchens ins Gedächtnis zu rufen.

Das Auto bog in die Rue Lecourbe ein, die er ohne besonderen Grund sehr gern mochte, erreichte den Boulevard du Montparnasse, wo er es nie versäumte, einen Blick nach rechts auf den Square du Croisic zu werfen, eine kleine Lücke in der Häuserflucht, die man kaum bemerkte.

Jahrelang, ungefähr zwölf Jahre, hatte er im dritten Stock des Eckhauses gewohnt. Lise und Éliane waren dort zur Welt gekommen. Dort hatte er auch neben dem Eingangstor sein erstes Arztschild angebracht, und eines der Fenster, die er von der Straße aus sehen konnte, war so manche Nacht erleuchtet geblieben, während er sich auf seine Habilitation vorbereitet hatte.

Hier kannte er die Geschäfte wirklich, die Metzgerei, den Milchladen, den Schuster, und zwar nicht nur deren Fassaden, sondern auch deren Geruch, weil er da einkaufen gegangen war, wenn seine Frau zum Beispiel noch im Wochenbett lag oder zu Zeiten, in denen sie kein Dienstmädchen hatten. Er war jeden Morgen beim selben Tabakladen stehen geblieben, um sich seine Zigaretten zu kaufen, denn er rauchte damals viel mehr, und er hatte Tausende von Briefen durch den Schlitz des Postkastens gesteckt.

Wenn sie so dahinfuhren, sprach Viviane ihn fast nie von sich aus an. Wahrscheinlich hing sie ihren eigenen Gedanken nach. Ob ihr wohl auffiel, dass in ihm eine gewisse Veränderung vor sich ging, je näher sie der Entbindungsanstalt kamen, vor allem sobald sie den Bahnhof Montparnasse hinter sich gelassen hatten?

Er hoffte, dass es ihm nicht anzusehen war, dass sich das nur in seinem Inneren vollzog. Andernfalls war er nahezu sicher, dass sie es nicht begreifen würde. Im Übrigen würden wohl alle missdeuten, warum er so steif wurde. Er hatte selbst lange gebraucht, das zu analysieren.

Gewiss, in der Avenue des Tilleuls war er für das Leben und die Gesundheit seiner Patientinnen verantwortlich, auch für ihre Zufriedenheit und selbst für ihre Stimmung, die sich unmittelbar darauf auswirkte, ob der Betrieb reibungslos ablief und die Klinik wirtschaftlich gedieh oder nicht. Er hatte das Sagen, dessen war sich ein jeder bewusst. Man brachte ihm Respekt entgegen, manche sogar blinde Ergebenheit.

In den riesigen Gebäuden der städtischen Entbindungsanstalt Port-Royal, die er nun gleich betreten würde, hatte er eine andere Stellung. Hier war er nicht bloß der Chef, sondern der hohe Chef, ein Ausdruck, der eine ganz bestimmte Bedeutung hatte, der nicht nur finanzielle Verantwortung einschloss, sondern auch beachtliche moralische und geistige Verantwortung.

Nach elf Jahren Professur war er sich dessen noch immer bewusst und wurde wie am ersten Tag von Lampenfieber gepackt.

Sobald er den Hof betrat, fühlte er sich von gewissermaßen priesterlicher Würde durchdrungen. Von ihm hing zu einem großen Teil die Leistungsfähigkeit des Krankenhauses, der Hebammen und der Schwestern ab. Er hatte die meisten der Jüngeren ausgebildet. Wenn er auch nicht alle künftigen Pariser Geburtshelfer unterrichtete, so würden dennoch Hunderte, die diesen Beruf ausübten, für Jahre, wenn nicht ihr ganzes Leben lang von seiner Lehre geprägt sein.

Aus diesem Grund ging eine seltsame Veränderung in ihm vor. Er verabschiedete sich von Viviane auf dem Hof, denn hier hatte sie nichts zu suchen. Sie nutzte die Zeit, um Besorgungen zu machen, in einem nahe gelegenen Café zu telefonieren und im Auto Akten in Ordnung zu bringen oder auch Zeitungen und Zeitschriften zu lesen.

Mochten seine Mitarbeiter oder Schüler die wartende junge Frau doch sehen, ihre Scherze über sie machen oder über sie lachen, das kümmerte ihn wenig. Spotteten sie denn nicht auch über sein steifes professorales Gehabe, über sein feierliches Auftreten, seine langsamen, äußerst bedächtigen Bewegungen?

Das war keine Maske, obwohl sie es dafür hielten, sondern die Achtung, die er seinem Amt zollte. Er bemühte sich nicht darum, beliebt zu sein, und wäre zum Beispiel nicht auf den Gedanken gekommen, gewisse Kollegen nachzuäffen und die Studenten durch Späße in gute Laune zu versetzen.

In seinem Innersten gestand er sich allerdings ein, dass all das vielleicht gar nicht stimmte oder nur zur Hälfte stimmte. Lag sein Verhalten nicht an seiner Ungeschicklichkeit, an seiner Unbeholfenheit, an seiner Unfähigkeit, sich auf andere Menschen einzulassen?

Er schritt durch die Innenhöfe, drang in das Labyrinth breiter Gänge und Treppenhäuser ein, grüßte Männer in Weiß, junge Frauen in Schwesterntracht und nahm durch die offenen Türen ganze Reihen von Betten wahr, in denen Patientinnen warteten.

Es war eine andere Welt, in der er ein anderer Mensch wurde, kühl und sachlich. Während er seinen Kittel anzog und sich die Hände wusch, begann seine Assistentin, Nicole Giraud, bereits mit ihrem Bericht, dann rief eine Klingel seine zwei Klinikchefs herbei, Ruet und Weil, die sich irgendwo in den Krankensälen aufhielten.

Von einer Sekunde zur anderen erinnerte er sich an nichtigste Einzelheiten und fiel seinen Mitarbeitern ins Wort, sobald sie sich bei einem bereits untersuchten Fall unnötig aufhielten.

»Ich weiß. Ich habe sie am Sonntagabend gesehen. Sagen Sie mir nur, wie sie auf die Hormonbehandlung reagiert hat.«

Oft kam er am frühen Morgen her, wenn die Schwestern am meisten zu tun hatten, noch ehe er sich in die Avenue des Tilleuls begab, und nicht selten fuhr er am Abend noch einmal her, selbst wenn kein dringender Fall seine Anwesenheit erforderte.

Nicole Giraud war seit kurzem mit einem Kinderarzt verheiratet. Sie ähnelte Viviane, doch sie war sanfter und spontaner. Er hatte, bevor sie ihm ihre Verlobung angekündigt hatte, sogar ein Auge auf sie geworfen, aber das wäre auf jeden Fall zu kompliziert gewesen.

Ruet war hager, hochqualifiziert und ehrgeizig. Chabot war sich seiner Sympathie nicht sicher, wogegen der schwarz gelockte Weil mit rührendem Eifer seine Ergebenheit zum Ausdruck brachte.

Beide waren noch keine fünfunddreißig Jahre alt. Das war bereits eine neue Generation, während die Studenten schon wieder der nächsten angehörten.

Man hätte meinen können, dass hier der Wettbewerb, die Rangunterschiede und die Titel die Generationen schneller aufeinander folgen ließen als anderswo.

Auf Chabots Weg durch die Säle folgte ihm ein ganzer Tross von Leuten, die zuhörten, während Madame Giraud ihm nach und nach die Befunde reichte und Notizen machte. Wenn er sich über eine Patientin beugte, beobachteten ihn nicht nur seine Assistenten, sondern er spürte auch die bangen, auf ihn gerichteten Blicke aller Kranken im Saal.

Nie wankelmütig, nahm er sich, schweigend und ernst, Zeit zum Nachdenken, ehe er eine eindeutige Diagnose aussprach.

An diesem Morgen brauchte er sich nur wenige Patientinnen persönlich anzuschauen. Punkt elf Uhr rief eine weitere Klingel die Studenten in den Hörsaal. Ihre Unterlagen vor sich, nahm Madame Giraud rechts von ihm Platz, während sich die jungen Leute in weißen Kitteln in einem Halbkreis hinsetzten. Am Ende der Stunde gab es immer noch einige, die standen, eine dicht gedrängte Gruppe neben der Tür.

Auf ein Zeichen des Professors hin las Nicole Giraud die klinische Beschreibung des ersten Falles vor, und während sich ein Nachzügler leise hereinschlich, waren für einen Moment die im Flur wartenden Patientinnen zu sehen, die auf der Bank saßen oder auf fahrbaren Betten lagen.

»Bringen Sie sie herein.«

Wie es seiner Gewohnheit entsprach, erhob er sich, ging auf die Kranke zu, stellte geduldig seine Fragen und wiederholte sie mit anderen Worten, um sicher zu sein, dass er eine genaue Antwort bekam.

»Hier tut es Ihnen weh? ... Etwas weiter oben? ... Hier? ... Husten Sie ... Fester ... Wird der Schmerz stärker, wenn Sie husten? ... Versuchen Sie jetzt, mir diesen Schmerz zu beschreiben ... Ist es so ähnlich wie eine Kolik? ... Nein? ... Wie ein Faustschlag? ...«

An diesem Vormittag waren es nur drei Fälle. Im ersten war die Diagnose klar, die Behandlung klassisch. Eine Italienerin, die schon problemlos fünf Kinder geboren hatte, war im fünften Monat schwanger und klagte über Schmerzen, die sie nicht richtig beschreiben konnte. Fast augenblicklich schloss er auf eine Ischialneuralgie, verordnete Bettruhe, Vitamin B1 und Phenylbutazon.

Die zweite Patientin, eine unverheiratete Stenotypistin, litt an Hormonstörungen, durch die eine Fehlgeburt drohte. Während er für seine Schüler Erklärungen abgab, die sie nicht verstand, schaute das junge Mädchen, das da halb nackt vor all diesen Männern lag, nur den Professor an, fast so, wie die Primitiven den Medizinmann ihres Stammes anschauen, und es war offensichtlich, dass in ihrer Vorstellung ihr Leben und das Leben ihres Kindes nur von ihm abhingen.

Die Letzte war so mager, dass sie das Gewicht ihres Bauches kaum zu tragen vermochte. Sie war ebenfalls unverheiratet und hatte bis vor einer Woche in einer Fabrik in der Nähe von Javel gearbeitet. Ihr mondförmiges Gesicht und ihre großen vorstehenden Augen drückten nur elementare Regungen aus.

Schon zweimal hatte sie eine Fehlgeburt gehabt. Sie war davon überzeugt, dass sie eine dritte haben würde, fand sich damit ab, versuchte nicht, etwas zu begreifen, und nahm das, was ihr widerfuhr, als Fügung hin. Sie hörte kaum, was man ihr sagte, und es war schwierig, sie dazu zu bringen, mit mehr als einer Kopfbewegung oder einem Stöhnen zu antworten.

»Geben Sie mir Ihre Hand …«

Chabot öffnete sie, beugte sich darüber und entdeckte, wie er es erwartet hatte, in den Linien ihrer Handfläche winzige braune Punkte. Schon bald würden anderswo noch mehr Flecken auftreten. Addison-Krankheit. Cortison intramuskulär.

»Genau beobachten und mich auf dem Laufenden halten«, diktierte er seiner Assistentin.

Er war nahezu sicher, dass er das Kind retten konnte. War das ein Segen oder ein Fluch? Es kam fast jede Woche vor, dass er mit allen Waffen der Medizin darum kämpfte, eine Missgeburt ohne jedes Bewusstsein am Leben zu erhalten, die sich hinterher Krankenhäuser und karitative Einrichtungen gegenseitig zuschoben. Doch das war nicht seine Angelegenheit.

Er kehrte in sein Büro zurück, unterzeichnete verschiedene Schriftstücke, die seine Assistentin ihm reichte, dann begrüßte er auf einem Gang noch Professor Blanc, der Gynäkologie lehrte.

Im Auto fand er Viviane wieder vor und zugleich auch alles, was ihn quälte.

»Avenue Henri-Martin?«

»Ja.«

»Vergessen Sie auch nicht, dass sich Madame Roche vorgenommen hat, gegen zwei Uhr zu entbinden?«

Viviane war eifersüchtig auf die Welt vom Port-Royal, aus der sie ausgeschlossen war, und sie legte es mit einer gewissen Eile darauf an, die Gedanken ihres Chefs auf andere Dinge zu lenken, als bekäme sie ihn dadurch wieder in ihre Hand.

»Ich habe die meisten Termine verschoben. Auf gut Glück habe ich Mrs. Markham auf fünf Uhr und die kleine Madame Saligan für fünf Uhr dreißig bestellt.«

Er schien mit halb geschlossenen Augen vor sich hin zu dösen. Das passierte ihm immer häufiger, selbst wenn er die ganze Nacht geschlafen hatte. Es war eine grenzenlose Müdigkeit, die über den körperlichen Bereich hinausging, nahezu schlagartig erlahmten alle seine Fähigkeiten, bis auf die Fähigkeit zu denken. Und in diesem Moment beherrschte ihn nur noch ein einziger Gedanke: er selbst.

Auf der einen Seite war er, ausgelaugt, unfähig zu reagieren, und auf der anderen Seite alles andere, der scheinbar sorglose Rest der Welt; Männer, Frauen, lauter Menschen, die sich bewegten, die redeten, lachten;

ein Umfeld, das ihn hartnäckig zurückwies; Dinge, zu denen er den Bezug verloren hatte und die noch dieselben sein würden, wenn er schon lange verschwunden war.

Da er nicht sagen konnte, wann das begonnen hatte, war er versucht, sich ironisch zu versichern:

»Das war schon immer so.«

Er hatte alle Medikamente ausprobiert, er nahm noch immer welche, die Viviane ihm mit einem Glas Wasser reichte, wenn es an der Zeit war.

Wenn er es nun eilig hatte, nach Hause zu kommen, dann deshalb, weil er in sein Arbeitszimmer stürzen, die Tür zuschließen und nach der Cognacflasche greifen wollte.

Keines seiner Organe war krank, das hatten ihm seine Kollegen nach mehrmaligen Untersuchungen bestätigt. Hätten sie gewagt, ihn zu belügen? Höchstens dass sein Magen vom Alkohol gereizt war, was ihm bisweilen unangenehme Krämpfe verursachte.

An die zehn Male hatte er den Cognac gestrichen. Und ebenso oft musste er wieder auf ihn zurückgreifen, ohne übrigens jemals zu übertreiben, ohne je betrunken zu sein – andernfalls hätte in seiner Umgebung doch schon jemand gemerkt, dass er trank.

Die Schmach dieses heimlichen Trinkens zermürbte ihn. Er hasste sein verstohlenes Treiben, die Tricks, die er zum Beispiel anwenden musste, um die Flaschen ins Haus zu schaffen, entweder unter seinem Mantel oder in seiner Aktentasche. In der Klinik war es noch komplizierter. Da musste er Viviane unter einem plausiblen Vorwand ziemlich weit weg schicken und zu Fuß in ein Lebensmittelgeschäft des Viertels gehen, wobei er ständig fürchtete, einem seiner Mitarbeiter zu begegnen.

»Soll ich Ihnen den Wagen hierlassen?«

Er hatte nicht gemerkt, dass sie schon in der Avenue Henri-Martin angekommen waren. Er nickte, ohne sicher zu sein, was sie ihn eigentlich gefragt hatte. Das war auch unerheblich. Sie wohnte kaum fünfhundert Meter entfernt.

Er hatte eben über die Elsässerin nachgedacht, und wenn er alles wohl erwog, dann neigte er zu der Vermutung, dass der Mann ihr Freund gewesen war, denn ein Bruder hätte sich wohl anders verhalten.

Er trank nur ein Glas und warf einen gleichgültigen Blick auf die Post, die seine Sekretärin am Morgen durchgesehen hatte. Mit einer mechanischen Handbewegung zog er die Schublade seines Schreibtisches auf und nahm die Pistole in die Hand.

Sie fühlte sich angenehm an. Die Waffe war schwer und glatt, kleiner, als er sie in Erinnerung hatte. Zur Probe ließ er sie in seine Tasche gleiten, zog sie sofort wieder heraus, aber nur, um sie Augenblicke später wieder hineinzuschieben.

Nun, da die Flasche versteckt war, konnte er den Schlüssel wieder herumdrehen, und als Jeanine kaum fünf Minuten später kam, um ihm zu sagen, dass das Mittagessen aufgetragen sei, da traf sie ihn vor dem Spiegel an, in dem er sich mit ernster Miene betrachtete.

Als sie seinerzeit in die Avenue Henri-Martin zogen, lag ihm daran, dass das Esszimmer seinen familiären Charakter behielt, sodass es neben den beiden pompös eingerichteten Salons ein wenig wie ein Esszimmer in der Provinz aussah, etwa in einem jener großen Notarshäuser, die die Vorübergehenden voller Neid betrachten.

Um den runden und massiven Tisch herum hatten seine Frau und die Kinder bereits Platz genommen, und er hatte keinen Grund, die Stirn zu runzeln, denn es fehlte niemand.

Warum war es bei ihnen nicht mehr üblich, sich mit einem Kuss zu begrüßen?

Schon vom Morgen an kam und ging ein jeder nach Belieben, führte sein eigenes Leben, ohne sich um die anderen zu kümmern. Und hätte nicht die stillschweigende Verpflichtung bestanden, am Mittagessen teilzunehmen, wären sie sich unter Umständen tagelang nicht begegnet, es sei denn zufällig in einem Flur oder im Fahrstuhl.

An diesem Tag hatte er bisher weder seinen Sohn noch seine Töchter gesehen, dennoch stand niemand auf, kam ihm niemand entgegen; David war der Einzige, der brummelte:

»Na, Dad, wie geht's?«

Für ihn war das schon viel. Lise nannte ihn weiterhin Vater. Éliane hatte sich eine Zeit lang, als sie ungefähr fünfzehn oder sechzehn war, einen Spaß daraus gemacht, ihn bei seinem Vornamen zu nennen, dann aber aus unerfindlichem Grund von einem Tag auf den anderen wieder damit aufgehört.

Um das Schweigen zu brechen, sagte seine Frau:

»Hoffentlich kannst du dich nach dem Essen eine Stunde ausruhen!«

»Das glaube ich kaum. Wahrscheinlich wird man mich gleich in die Klinik rufen.«

»Kannst du es denn nicht so einrichten, dass Audun dich von Zeit zu Zeit vertritt?«

Die Worte gingen ins Leere und hatten nichts zu bedeuten. Gelegentlich sprach man auf diese Weise von seiner Müdigkeit, seiner Gesundheit oder seiner Arbeit, ohne dass sich jemand darüber wirklich Gedanken machte. Man begnügte sich damit, davon zu leben.

Dennoch waren diese beiden Mädchen und dieser Junge mit der tiefen Stimme, der ihm über den Kopf gewachsen war, einst Babys und dann kleine Kinder gewesen.

Wenn er es auch bei David nicht mehr gemacht hatte, weil bei seiner Geburt das Leben schon zu kompliziert geworden war, so hatte Chabot doch, wie alle Väter, Lise und Éliane bisweilen die Flasche gegeben und ihnen die Windeln gewechselt.

Er war es gewesen und nicht seine Frau, der am

Square du Croisic Jahr für Jahr mit einem Taschenmesser die Größe der beiden Mädchen in den Türrahmen eingeritzt hatte. Ob diese Kerben noch immer dort waren? Ein junger Arzt hatte nach ihnen die Wohnung gemietet; er hatte auch Kinder, und Chabot fragte sich plötzlich, ob er wohl ihre Größe auf dem anderen Türpfosten anzeichnete.

Hier gab es keine solchen Markierungen. Man hatte keinem an der Wand stehenden David zu sagen brauchen:

»Halt still. Nicht auf die Zehenspitzen stellen. Du mogelst ja …«

Éliane hatte jedes Mal gemogelt. Nein, das war Lise gewesen. Er wusste es nicht mehr, dabei waren diese kleinen Ereignisse damals so bedeutend gewesen.

Schweigend verzehrten sie die Vorspeise, und er spürte, dass sie sich seinetwegen gehemmt fühlten. Bisweilen hörte er beim Näherkommen fröhliche Stimmen, die jäh verstummten, sobald er im Türrahmen auftauchte.

Bloß seine Frau bemühte sich noch hin und wieder, ein Gespräch in Gang zu halten, eine lebhafte Stimmung zu schaffen, die nicht echt war.

Sie war mit siebenundvierzig Jahren eleganter, sogar verführerischer als zu der Zeit, in der er sie im Quartier Latin kennengelernt hatte. Damals war sie ihm eher mittelmäßig erschienen, recht hübsch zwar, aber das war auch schon alles, und es war vielleicht eine gewisse

Zurückhaltung, eine gewisse Passivität gewesen, was ihn an ihr so fesselte, dass er sie geheiratet hatte.

Solange die Kinder noch klein waren, hatte sie sich nur um deren Gesundheit und Sauberkeit gesorgt und um ihren Haushalt gekümmert. Geselligkeiten hatten ihr lange Angst gemacht, und er entsann sich noch, wie sie sich geniert und gesträubt hatte, als er zum ersten Mal vorschlug, mit ihr zu einem angesehenen Modeschöpfer zu gehen.

»Das ist nichts für mich, Jean! Da mache ich mich nur lächerlich!«

Das war die Zeit des Aufstiegs, der ersten Erfolge, der ersten fetten Einnahmen gewesen, auch die Zeit der Abendessen außer Haus und der Empfänge an der Avenue Henri-Martin, wo sie sich noch nicht ganz heimisch fühlten.

Christine hatte alles erst lernen müssen, Pelze zu tragen und Bridge zu spielen, die Kunst, bei Tisch die Gäste richtig zu placieren, sie im Salon geschickt zu gruppieren und diese Gruppen auch wieder aufzulösen.

Mittlerweile ging Chabot seit langem nicht mehr aus. Seine Frau tat dies zwar weiterhin, doch ohne Begeisterung, vielleicht nur, um auf die einzige ihr mögliche Art eine Leere auszufüllen.

Wenn er sie so elegant, so um ihr Gesicht und um ihre Figur besorgt sah und der Gedanke, alt zu werden, sie erschreckte, dann fragte er sich manchmal, ob sie Liebhaber hatte. Das wäre ihm durchaus natürlich erschienen. Er war nicht sicher, ob er sich das nicht sogar wünschte, um sein Gewissen zu beruhigen, obgleich ihm bei bestimmten Vorstellungen kalt ums Herz wurde.

Hatte sie, wie er, den Kontakt zu den Kindern verloren? Auf jeden Fall weniger als er, und wenn sie auch machten, was sie wollten, wenn sie auch offensichtlich nur mehr mit einem gewissen Widerwillen in der Welt der Erwachsenen lebten, so erhaschte er zwischen ihnen und ihrer Mutter bisweilen doch verschwörerische Blicke.

»Weißt du, Dad …«

Das war die Stimme von David, und diese Einleitung verhieß nichts Gutes.

»Ich habe in letzter Zeit viel nachgedacht …«

Die beiden Mädchen, das hätte er schwören können, wussten bereits, worum es ging, und setzten Unschuldsmienen auf. War seine Frau auch schon eingeweiht?

»Ich hab keine Lust, Arzt, Rechtsanwalt oder Ingenieur zu werden …«

Ironisch und mit gespielter Heiterkeit fügte David hinzu:

»Verstehst du, zu deiner Zeit, da war das der Traum aller ehrgeizigen Eltern, der Kaufleute, Angestellten oder Beamten … Sie wollten aus ihrem Sohn einen Arzt, einen Richter oder einen Anwalt machen … Du weißt, was ich meine?«

»Dein Großvater war Beamter«, sagte Chabot langsam und betrachtete seinen Sohn, als versuchte er eine
Diagnose zu stellen.

»Ich weiß. Und du, du bist Arzt. Das ist sehr gut. Da
haben wir doch einen in der Familie ...«

»Ich habe dich nie gebeten ...«

»In Ordnung! Nur, wenn ich weder Arzt noch Anwalt noch Ingenieur noch irgendetwas von alldem werden will, dann gibt es auch keinen Grund, warum ich
mich abrackern soll, um mein Abi zu bestehen. Die
Regierung hat sowieso seit ein paar Jahren vor, es ganz
abzuschaffen. Wegen der Krankheit, die ich mit drei-
zehn gehabt habe, hinke ich ja schon mindestens ein
Jahr hinterher ...«

Jeanine wechselte die Teller aus, und das Klappern
des Geschirrs vermischte sich mit den Stimmen. David,
der ein bisschen rot geworden war, hatte das Schwerste
gesagt und wartete die Reaktion seines Vaters ab, ehe er
weiterredete.

Einen Moment lang sah Chabot so geistesabwe-
send aus, dass man hätte meinen können, er würde das
Thema fallen lassen. Schließlich fragte er dennoch im
selben Ton, in dem er mit seinen Schülern sprach:

»Was hast du vor?«

»Ich möchte Reporter werden.«

David musste mit Widerstand gerechnet haben, denn
er war fassungslos, als jegliche Reaktion ausblieb, und
er hatte Mühe, sein Selbstvertrauen wiederzufinden.

»Das ist ein Beruf, in dem man jung einsteigen muss …
Natürlich werden sie mich nicht sofort nach Südamerika oder nach China schicken, und sie werden mich auch nicht gleich Staatschefs interviewen lassen … Für den Anfang habe ich vor, mich im Sport zu versuchen … Da braucht man junge Leute, und da kenne ich mich recht gut aus …«

»Wer hat dich denn auf diese Idee gebracht?«

»Niemand. Mit dem Gedanken spiele ich schon lange.«

»Hast du dich bei Zeitungen vorgestellt?«

»Das wollte ich nicht tun, bevor ich mit dir darüber geredet habe, aber Caron hat versprochen, seine Beziehungen für mich spielen zu lassen.«

»Jean-Paul hat dir nur gesagt …«, mischte sich Lise verlegen ein.

»Er hat mir gesagt, dass er mich dem Sportchef seiner Zeitung vorstellen wird und dass es für einen Jungen, der nicht auf den Kopf gefallen ist, in seiner Truppe immer einen Platz gibt. Stimmt's?«

»Ja, das stimmt.«

»Bist du mit diesem Caron viel zusammen?«

»Ziemlich oft. Er ist zwar älter als ich, aber er ist ein guter Kumpel.«

»Wo hast du ihn kennengelernt?«

»Hier.«

»Triffst du dich mit ihm auch in der Stadt?«

»In der Stadt und bei ihm zu Hause. Sein Vater hat

ihm eine Einzimmerwohnung in der Nähe vom Étoile geschenkt.«

»Gehst du da mit deiner Schwester hin?«

»Mit ihr und ohne sie.«

Ohne noch länger darum herumzureden, erklärte er:

»Ich wollte lieber schon jetzt mit dir darüber sprechen, um dir eine Enttäuschung zu ersparen. Ich bin letztes Mal nur mit Müh und Not versetzt worden, vielleicht bloß deinetwegen, und seit die Schule wieder angefangen hat, schwimme ich mehr denn je. Meine Lehrer wissen ganz genau, dass da nichts mehr zu machen ist, und tun schon so, als sähen sie es nicht, wenn ich während des Unterrichts lese. Wenn es dir lieber ist, dass ich mich zum Schein auf Prüfungen vorbereite, zu denen ich nie antreten werde ...«

»Sei jetzt still, David«, schaltete sich Madame Chabot behutsam ein.

Doch der Junge war in Fahrt geraten.

»Ich weiß, dass ich dich enttäusche, dass ich dir vielleicht Kummer mache, ich sehe allerdings nicht ein, warum. Nur weil du ein hervorragender Professor bist, muss dein Sohn noch lange kein Genie sein. Und Geld verlange ich sowieso nicht von dir. Da weiß ich mir schon zu helfen. Es gibt also keinen Grund, warum man mit mir strenger sein sollte als mit meiner Schwester. Als Éliane mit sechzehn beschlossen hat, Schauspielunterricht zu nehmen, hat sie auch keiner daran gehindert, und dabei ...«

Schließlich gehorchte er doch dem Blick seiner Mutter. Éliane war inzwischen neunzehn Jahre alt. Sie war zwar bisher noch nie im Theater oder in einem Film aufgetreten, hatte aber immerhin schon kleinere Rollen beim Fernsehen bekommen.

Was David mit seinem »und dabei ...« gemeint hatte, war nur zu klar. Nicht nur, dass seine Schwester ihre amourösen Abenteuer mit jungen Kollegen gar nicht bestritt, sie prahlte auch noch damit, dass ihr Lehrer, ein ziemlich berühmter Schauspieler, sie um ihre Unschuld gebracht hatte und dass sie noch immer sein Betthäschen war.

»Nimmst du von der Hammelkeule nichts mehr?«

»Nein, danke.«

»Sie können abräumen, Jeanine.«

Chabot spürte in seiner Tasche das Gewicht der Pistole und lächelte boshaft, denn er hatte nicht die geringste Lust, sie zu benutzen. Sein Verhalten überraschte alle, insbesondere seine Frau.

»Wann willst du das Gymnasium verlassen?«

»Ich hab mir gedacht, ich bleibe noch bis zu den Weihnachtsferien.«

»Das gibt dir noch Zeit zum Überlegen.«

»Nichts dagegen. Aber ich habe mir schon alles überlegt.«

»Dann reden wir nicht mehr darüber.«

Feigheit oder nicht, er war davon überzeugt, dass der Kampf sinnlos war. Er hatte auch mit Viviane nicht gekämpft. Er hatte nicht einmal gewagt, sie zu fragen, was aus der kleinen Elsässerin geworden war, die er Teddybär nannte.

Sie war von einem Tag auf den anderen verschwunden, und er hatte nichts gesagt. Eines Morgens war sie in die Klinik gekommen, um ihn zu sprechen, und obwohl er wusste, dass man sie nicht bis zu ihm vorlassen würde, hatte er sich nicht von seinem Fenster weggerührt.

Schließlich war sie in einer Gewitternacht verzweifelt auf sein Auto zugerannt, und er hatte die Tür zugeschlagen.

Er schien alle am Tisch anzulächeln. Sie hatten ihn aus ihrem Kreis ausgeschlossen, oder er hatte sich, ohne es zu merken, selbst ausgeschlossen, das lief auf dasselbe hinaus. Nur das Ergebnis zählte.

»Willst du keinen Nachtisch?«

»Nein, danke. Den Kaffee möchte ich im Arbeitszimmer serviert bekommen.«

Es war noch nicht zwei Uhr, und Viviane war noch nicht eingetroffen. Er hatte keine Lust, etwas zu trinken. Er hatte zu gar nichts Lust. Auf seinem Schreibtisch stand, wie in Ärztekreisen üblich, ein silbergerahmtes Foto seiner drei Kinder. An den Wänden hingen zwischen den Bücherregalen aus Palisander Bilder bekannter und zum Teil berühmter Maler.

Eine Fläche war Fotos vorbehalten, fast alle trugen schmeichelhafte Widmungen und zeigten betagte Herren: seine Lehrmeister an der Medizinischen Fakultät und ausländische Professoren, die er auf internationalen Kongressen getroffen hatte.

Ein einziges Porträt, vergilbt und altmodisch, wies keine Inschrift auf, das Porträt seines Vaters, des Beamten, von dem David bei Tisch gerade gesprochen hatte: ein ziemlich dicker, ziemlich behäbiger Mann mit Bürstenhaarschnitt, leicht ergrautem Schnurrbart und einer mit Anhängern beschwerten Uhrkette quer über dem Bauch.

Viele von denen, die vor dem Bild stehen blieben, glaubten ihn zu erkennen, und sonderbarerweise nannte jeder einen anderen Namen, irgendeinen der Politiker vom Anfang des Jahrhunderts.

Dabei war sein Vater, wenngleich er sich auch mit Politik beschäftigt hatte, bloß ein paar Eingeweihten in Versailles bekannt gewesen, und obendrein hatte er seine nur kurz während Berühmtheit einem Skandal zu verdanken.

Beamter war er in der Tat durch und durch, Freimaurer ebenfalls, und das zu einer Zeit, zu der dieses Wort noch manche erzittern ließ, ein leidenschaftlicher Freidenker.

Er wollte wirklich, dass sein Sohn Arzt wurde. Arzt oder Rechtsanwalt. Arzt, um die Armen von ihren Leiden zu befreien. Anwalt, um sie zu verteidigen.

Er hatte dabei weder die Avenue Henri-Martin im Sinn gehabt noch die elegante Klinik Les Tilleuls. Ob er sich wohl mit der Entbindungsanstalt Port-Royal getröstet hätte?

Von seiner Mutter, die noch in der Wohnung in Versailles lebte, in der er geboren wurde, hatte Chabot unter seinen persönlichen Papieren nur ein kleines Foto aus ihrer Mädchenzeit, das er lediglich wegen der Frisur und des damals modernen Kleides aufgehoben hatte.

Sie war die Tochter eines Apothekers. Die Apotheke gab es noch, kaum modernisiert, in einer ruhigen und schlecht beleuchteten Straße von Versailles.

Sein Vater war Bauernsohn gewesen und hatte sich dessen gerühmt. Er hatte eine tiefe Stimme und behauptete gern, er habe die gleiche Stimme wie Jaurès, den er glühend bewunderte. Er hatte spät geheiratet. Als er einen Sohn bekam, war er Bürovorsteher in der Präfektur von Seine-et-Oise, und es dauerte nicht lange, bis er Schulrat des Departements wurde.

Was war dann passiert? Jean Chabot erinnerte sich nur noch mit Mühe an einen lebensfrohen, wohlbeleibten Vater, der energisch für seine Ideen eintrat und dabei mit der Faust auf den Tisch schlug.

Die Religionsfrage spaltete damals Frankreich. Hatte Auguste Chabot wirklich gefährliche Initiativen ergriffen, ohne Wissen seiner Vorgesetzten, wie es hieß, und sogar gegen sie?

Die Familie hatte eine düstere, beklemmende Zeit in der kleinen Wohnung in der Rue Berthier durchgemacht, von der aus man die Mauern des Schlossparks sah.

Der Junge hatte im Alter von zehn Jahren von einem Disziplinarausschuss, falschen Zeugenaussagen und gefälschten Dokumenten reden hören. Er hatte im Kleinen eine Art Dreyfus-Affäre miterlebt, und eines Abends hatte er seinen Vater nach Hause kommen und in einen Sessel sinken sehen, den er praktisch nicht mehr verlassen sollte.

Es war ein Voltaire-Sessel gewesen, neben dem Fenster, und das rissig gewordene Leder nahm sich wie eine Landkarte aus.

Acht Jahre lang hatte sein Vater von morgens bis abends dort gesessen, hatte sich geweigert, den Arzt zu empfangen, und hatte sich ebenso geweigert, auszugehen oder seine alten Freunde zu besuchen.

Man hatte ihn entlassen, und er wollte von der Welt nichts mehr hören und sehen.

Er aß und trank weiterhin. Er magerte nicht ab, doch sein Teint wurde wächsern, die Beine schwollen an, der Hals wurde von Jahr zu Jahr dicker.

Er las nur noch, immer und immer wieder dieselben Werke aus seinem Bücherschrank, sodass er ganze Kapitel von Renan auswendig hersagen konnte.

Die Pension reichte kaum zum kargen Leben, und ohne fortwährende Stipendien hätte Jean Chabot sein Studium nicht beenden können.

»Ach, sie wollen nichts mehr von mir wissen …«

Alles in allem hatte sein Vater aufgegeben. Obwohl er erst fünfundfünfzig Jahre alt war, las er im letzten Jahr auch nicht mehr, kauerte nur noch in seinem Sessel und betrachtete den Himmel, in der typischen Haltung jener alten Leute, die man bisweilen vor den Türen der Bauernhöfe sitzen und auf den Tod warten sieht.

Sein Gedächtnis ließ nach. Er brachte Namen durcheinander, dann kam es so weit, dass er beim Sprechen einzelne Silben, ja ganze Wörter verschluckte, bis es schwierig wurde, ihn überhaupt zu verstehen.

Als ihn eine akute Harnvergiftung dahinraffte, hatte er bereits wochenlang seinen Sohn nicht mehr erkannt und den Sessel nicht einmal mehr verlassen, um seine Notdurft zu verrichten.

Nun hing sein Porträt hier zwischen den führenden Medizinern.

David hatte beschlossen, Reporter zu werden, wie dieser aggressive Schwachkopf Jean-Paul Caron, den zu heiraten Lise sich in den Kopf gesetzt hatte.

Éliane schmierte sich irgendetwas auf die Lippen, was sie ganz bleich machte. Da ihr außerdem die Haare schnurgerade zu beiden Seiten des Gesichts hinunterhingen, sah sie aus wie ein Gespenst.

Viviane kam durch das Wartezimmer, ihre hohen Absätze klapperten auf dem Parkettboden, und an der Türschwelle zum Arbeitszimmer rief sie:

»Zwei Uhr! Madame Roche hat Wort gehalten! Sie

hat Sie in Frieden zu Mittag essen lassen. Jetzt kann das Telefon ruhig klingeln …«

Dann runzelte sie die Stirn, denn ihr Chef hatte sich nicht gerührt. Zunächst meinte sie, er habe wieder eine seiner Absencen, doch als sie näher trat, merkte sie, dass er schlief, mit einem beunruhigenden Lächeln auf den Lippen.

4

Die Verwirrung von Madame Roche und das Abendessen der Kinder

Den ersten an sich relativ harmlosen Zwischenfall, der dann die beiden anderen nach sich zog, löste unbeabsichtigt Viviane aus. Chabot hätte nicht genau sagen können, woran er im Auto eigentlich dachte, doch ausnahmsweise war er fast in angenehmer Stimmung. Die Sonne schien, diese spätherbstliche Sonne, deren Strahlen wie Honig an den Dingen klebten. Die Luft war mild. Während der Fahrt hatte er einige Bilder in sich aufgenommen: ein Hund, der vor einem Gittertor schlief, die Pfoten in animalischer Glückseligkeit weit von sich gestreckt; ein Chauffeur in Livree, der in einem Rolls-Royce saß und eine englische Zeitung las; ein Reiter und eine Reiterin auf dem Weg in den Bois, im langsam verhallenden, rhythmischen Trab ihrer Pferde. Beinahe hatte er das Viertel eben wieder so gefunden, wie es ihm in seiner Kindheit erschienen war: als ein Hort des Friedens und der Behaglichkeit.

Viviane hatte indes, als sie nach rechts abbog, um in den Park der Klinik hineinzufahren, plötzlich aufmerksam, ja nahezu ängstlich auf beide Seiten der Straße geschaut, und das hatte ihm den Elsässer wieder in Erinnerung gerufen. Bewies ein solcher Reflex genau an dieser Stelle nicht, dass seine Sekretärin Bescheid wusste und schon mehrfach einen an die Windschutzscheibe gesteckten Zettel abgefangen hatte? Konnte er daraus nicht den Schluss ziehen, dass der Mann auch an anderen Wochentagen als Dienstag und Samstag freihatte? Und wenn das der Fall war …

So weit war Chabot mit seinen Überlegungen gekommen, als er die Stufen der Freitreppe hinaufstieg. Da hörte er plötzlich, dass es drei Meter von ihm entfernt, im Laubengang, in den Zweigen knackte und Blätter raschelten. Angst packte ihn, eine blinde, instinktive Angst. Mit einem Ruck blieb er stehen, er wartete auf einen Schuss, auf hastige Schritte, einen Messerstich, auf irgendetwas Brutales und Endgültiges.

Er dachte weder an seine Pistole noch daran, sich zur Wehr zu setzen. Er fügte sich in sein Schicksal, fand sich mit einer Tat ab, die in seiner Vorstellung schon so gut wie begangen war.

Es hatte nur einige Sekunden gedauert, gerade so lange, bis Viviane ihn einholte und ihn erstaunt und besorgt betrachtete, während er einen Gärtner mit einem harmlosen Gegenstand in der Hand aus dem Dickicht herauskommen sah.

Sie stellte keine Fragen. Er gab keine Erklärung ab. Sie blieb nachdenklich im Erdgeschoss stehen. Er ging zum Fahrstuhl und machte nur einen kurzen Abstecher in sein Büro, um seinen Kittel anzuziehen.

Verriet sein Gesicht, als er die Tür von Zimmer 7 öffnete, noch Spuren seiner Erregung? Schon möglich. Das war die einzig denkbare Erklärung, es sei denn, er glaubte an einen recht unwahrscheinlichen Zufall. Bei seinem Eintreten sah Madame Roche, die auf dem Bett lag, noch vergnügt aus, ein bisschen aufgekratzt vielleicht, trotz der Ringe unter den Augen, die nach stundenlangen Wehen bei jeder Frau auftraten. Sie rief ihm zu:

»Na, Professor, habe ich Wort gehalten?«

Madame Doué, neben ihr, gab ihm durch ein Zeichen zu verstehen, dass es an der Zeit war, das fahrbare Bett zu holen. Doch kaum hatte er ihr mit einem Blick geantwortet, da trat bei der jungen Frau eine Veränderung ein. Auch wenn ihr Gesicht nicht gerade Furcht ausdrückte, so war darin nun doch ein Zweifel zu lesen, ein Zaudern; sie bemühte sich, einen scherzhaften Ton beizubehalten, als sie fragte:

»Es wird doch genauso gut gehen wie bei den zwei anderen, nicht wahr?«

Er zögerte. Nur ganz kurz. Weil er überrascht war. Weil er sich fragte, was denn in seinen Augen stand, dass es eine so selbstsichere Frau irritierte. Schließlich hörte er sich antworten:

»Warum sollte es nicht genauso gut gehen?«

»Wie es aussieht, kommt der Kopf zuerst, wie bei meiner Großen.«

»Ich weiß. Madame Doué hat es mir schon am Telefon bestätigt.«

Das stimmte. Nur hatte sie dabei den üblichen Fachausdruck benutzt: erste Schädellage, was bedeutete, dass der Kopf des Kindes unten lag und der Rücken links.

»Was beunruhigt Sie dann?«, fragte sie weiter.

Er rang sich ein Lächeln ab.

»Überhaupt nichts. Ich schwöre Ihnen, dass ich nicht im Geringsten beunruhigt bin. Ich hätte nur nach dem Essen nicht einnicken sollen.«

Sie glaubte es und war erleichtert.

»Das ist es also! Sie sind wie mein Mann ...«

Wegen einer Wehe, die gerade anfing, hörte sie zu reden auf und begann zu hecheln. Diese beschleunigte Atmung, die bei der angstfreien Geburt eingesetzt wird, hatte sie schon bei ihrem ersten Kind eingeübt.

Nach einem kurzen Blick auf ihren Wecker nahm sie das Gespräch wieder auf:

»Dreißig Sekunden ... Das war eine kurze, aber heftig ... Wie gesagt, mein Mann, wenn der einen Mittagsschlaf gehalten hat, fühlt er sich ein bis zwei Stunden lang nicht ganz bei sich ...«

»Sind Sie bereit?«

Er lächelte sie an. Es war wichtig, dass er ihr das Selbstvertrauen wiedergab. In einer Weile, wenn die Austreibungsphase anfing, war vollkommenes Einvernehmen zwischen ihnen unerlässlich, denn dann würde er ihre konditionierten Reflexe steuern. Sie würde nur wie ein Automat sein, den er mit den richtigen Stichwörtern in Gang setzte.

»Sind Sie nicht müde, Professor? Hassen Sie nicht langsam all diese Frauen, die Sie daran hindern, ein normales Leben zu führen?«

Die Schwestern brachten das fahrbare Bett, und er gab ihnen ein Zeichen, dass sie noch warten sollten, weil sich die nächste Wehe ankündigte. Als man Madame Roche endlich aus dem Zimmer schob, drückte er ihre feuchte Hand.

»Ich komme gleich nach ...«

Mademoiselle Blanche half ihm bei seinen Vorbereitungen. Er zwang sich, nicht mehr an das zu denken, was sich soeben abgespielt hatte, an die beiden Zwischenfälle, von denen der eine den anderen ausgelöst hatte, obwohl zwischen ihnen kein offensichtlicher Zusammenhang bestand. Da er mit keiner Komplikation, keinerlei Schwierigkeit rechnete, ließ er den Narkosearzt nicht kommen.

Er fand seine Patientin bereits auf dem Bett des Kreißsaals vor und drückte ihr die Sauerstoffmaske in die Hand.

»Wissen Sie noch, wie Sie sie benutzen müssen?«

Sie nickte, probierte das Gerät aus und lächelte, wobei ihr Lächeln einen Anflug von Angst erkennen ließ. Augenblicke später erklärte er, während er sich wieder aufrichtete:

»Der Muttermund ist vollständig geöffnet. Ich denke, in etwa zehn Minuten gehen wir es richtig an.«

»So schnell?«

Sie begann wieder zu hecheln wie ein Hund, der gerannt war, und ihre Hände umklammerten die beiden Metallgriffe.

»Mach ich's richtig, Professor?«

»Sehr gut.«

»Mein Mann fand, ich hätte mich nicht genug vorbereitet. Er hätte mich gern jeden Abend üben lassen. Ist er schon unten?«

Chabot hatte ihn nicht gesehen. Doch Madame Doué antwortete:

»Ja, im Warteraum, es ist noch jemand bei ihm.«

»Ein Mann?«

»Ja.«

»Dann ist es sein Bruder ... Sie sind Zwillinge und trennen sich sozusagen nie ... Ein Dicker, nicht wahr?«

Ein Stöhnen unterbrach sie, und der Professor, der sie genau beobachtete, gab plötzlich das Startzeichen. Er hatte im Laufe seines Lebens Tausende von Malen dieselben Gesten gemacht, und die vier Frauen, die sich wie in einem Ballett um ihn herumbewegten, wussten, wie sie auf jede seiner Anordnungen zu reagieren hatten.

»Sind Sie so weit?«

Mit zusammengebissenen Zähnen antwortete sie:

»Ja.«

»Drücken Sie die Griffe ganz fest. Nutzen Sie sie ... Achtung: *Einatmen ...*«

Sie sog mit aller Kraft die Luft ein.

»*Luft anhalten!*«, befahl er.

Sie beherrschte sich, den Mund nicht zu öffnen, nicht zu schreien.

»*Ausatmen!* ... Achtung ... Noch einmal ... Entspannen Sie sich einen Augenblick ... Jetzt, *einatmen!*«

Er schien die Sekunden zu zählen wie bei einem Wettlauf.

»*Luft anhalten!*«

Dreimal, viermal, fünfmal ... Das Kind wurde sichtbar ...

Plötzlich passierte Chabot, was ihm noch nie passiert war, seit er seinen Beruf ausübte, etwas, was er seit langem befürchtete, ohne zu glauben, dass es eines Tages wirklich eintreten würde: Der Automatismus funktionierte nicht mehr.

Wahrscheinlich dauerte es nicht länger als seine Panik auf der Freitreppe, kaum einige Sekunden, aber schlagartig brach ihm der Schweiß aus, rann ihm über das Gesicht.

Ihm wurde klar, dass er den Faden verloren hatte, dass er nicht mehr weiterwusste. Er war nicht mehr bei der Sache, nicht mehr im Rhythmus, und Madame Roche spürte es so deutlich, dass sie den Kopf hob und ihm einen verständnislosen, verzweifelten Blick zuwarf.

»Was ist los? Hab ich was falsch gemacht?«

»Aber nein! Im Gegenteil! Es klappt alles sehr gut. Noch eine letzte Anstrengung ... *Einatmen!* ...«

Er bot seine ganze Energie auf, seine ganze Willenskraft, um ihr wieder Mut zu machen.

»Luft anhalten!«

Dann zögerte er von neuem, weil ihm das Stichwort, das sie erwartete und das er so oft ausgesprochen hatte, nicht einfiel.

»Pressen!«, rief er schließlich erleichtert.

Er fasste sich wieder, fand wieder zu seinen präzisen Bewegungen zurück, die mit fast mathematischer Genauigkeit ineinander übergingen. Madame Doué hatte sein Zögern bemerkt. Er fragte sich, ob sie begriffen hatte, was passiert war.

Der Kopf war da. Alles Übrige würde einfach sein, doch Chabot war nach wie vor beunruhigt, denn er dachte an alle möglichen, wenn auch unwahrscheinlichen Komplikationen, die noch auftreten könnten.

»Noch einmal ... Nehmen Sie zuerst ein bisschen Sauerstoff ... Sind Sie so weit? ... *Einatmen ... Luft anhalten ... Pressen! ...«*

Er hielt den Kopf des Kindes in seinen Händen, zog behutsam die Schultern heraus, und genauso angespannt wie Madame Roche wiederholte er:

»Pressen ... Drücken Sie die Griffe ganz fest ... *Weiter ... Weiter ...«*

Er war wie gespalten. Ein Teil von ihm verfolgte die Arbeit und führte die nötigen Handbewegungen wie ein Ritual aus, während sich der andere mit beängstigenden Gedanken quälte. Davon überzeugt, dass er etwas vergessen habe, rekapitulierte er alles, was er nacheinander getan hatte, und ging dabei sogar so weit, dass er sich fragte, ob er sich Arme und Hände wirklich mit Seife gewaschen hatte. Er konnte sich nicht mehr darauf besinnen. Sicher hatte er es gemacht. Im Übrigen hätte ihn Mademoiselle Blanche, die in seiner Nähe gewesen war, notfalls daran erinnert … Außerdem kam es nur recht selten vor, dass ein Handschuh riss …

Innerhalb weniger Minuten hatte er soeben sein berufliches Selbstvertrauen verloren. Die Hände der jungen Frau an den vernickelten Haltegriffen waren bleich, sie biss die Kiefer zusammen und starrte den Arzt an.

»Nicht mehr pressen …«

Sie wagte noch nicht, sich zu entspannen, während ihre Augen ihn nach wie vor fragend ansahen, und sie stammelte:

»Haben Sie es? … Lebt es? …«

Er richtete sich auf, hielt ein kleines, nasses Kerlchen an den Beinen hoch und zeigte es der Mutter.

»Ist es ein Junge, Professor?«

»Ja, ein großer Junge … Das haben Sie doch angekündigt, nicht wahr?«

Er durchschnitt die Nabelschnur und vertraute das Kind Madame Lachère an, der die Mutter ans Herz legte:

»Versuchen Sie bitte, ihm einen schönen Nabel zu machen! … Eine meiner Töchter hat einen so hässlichen! …«

Es trat eine Pause ein, in der sie auf die Nachgeburt warteten. Sie dauerte nicht lange, und gleich danach begann man, die Wöchnerin zu waschen. Alles entspannte sich. Auf der Waage stieß das Baby seinen ersten Schrei aus.

»Wie schwer ist er?«

»Drei Kilo und achthundertsechzig Gramm ... Haben Sie schon einen Namen für ihn? ...«

»Henri, wie mein anderer Schwager, der auf den Antillen lebt.«

Madame Roche betrachtete den Arzt, und ihr Blick verdüsterte sich.

»Sie haben vor irgendetwas Angst gehabt, nicht wahr? ... Es hat einen Moment gegeben, da hab ich gespürt, dass es nicht so lief, wie Sie wollten ... Jetzt können Sie mir ja die Wahrheit gestehen ... Was haben Sie befürchtet? ...«

»Nichts, wirklich nichts.«

»Ich habe mich gefragt ...«

Sie verstummte.

»Was haben Sie sich gefragt?«

»Ich weiß nicht ... Ich traue mich kaum, es auszusprechen ... Für einen Moment habe ich das Gefühl gehabt, dass meine ganze Anstrengung vergebens ist, dass er nicht mehr lebt ... Da hätte ich beinahe den Mut verloren ... Zeigen Sie ihn mir noch einmal, Madame Lachère ...«

Von ihrer Angst erlöst, begann sie zu weinen, und Chabot, der ihr die Hand reichte, wusste nicht, was er sagen sollte.

Draußen schimmerten die letzten Sonnenstrahlen, ein bläulicher Schleier lag über dem Bois de Boulogne, und Viviane rutschte hinter das Steuer des Wagens.

»Sie sehen unzufrieden aus. Dabei ist doch alles gut gegangen, und Madame Roche hat recht gehabt mit ihrer Ankündigung, dass es ein Junge wird ...«

Er nickte nur. Worte waren belanglos. Seit Jahren bangte ihm vor dem, was sich soeben ereignet hatte. Eigentlich hatte er schon bei seiner ersten Entbindung daran gedacht, im Broca-Krankenhaus, in dem er damals sein Praktikum absolviert hatte.

»Und wenn ich auf einmal alles vergesse, was ich gelernt habe?«

Das passiert manchen, bei Prüfungen zum Beispiel, vor allem dann, wenn man sich zu gründlich vorbereitet hat. Wenn es so weit ist, hat man plötzlich einen leeren Kopf; und je mehr man sich festbeißt, desto schwindliger wird einem.

Ihm war zu Ohren gekommen, dass auch Schauspieler vor Hunderten von Zuschauern und selbst wenn sie seit zwanzig oder dreißig Jahren auf der Bühne stehen, bisweilen solche Aussetzer haben. Manche können sich dann nicht beherrschen und brechen in Tränen aus. Andere ballen die Fäuste und stieren hasserfüllt in den Saal.

Auch wenn er sich ziemlich schnell wieder gefangen hatte, war er dennoch davon überzeugt, dass Madame Roche künftig nicht mehr so unbekümmert wie bisher in die Klinik kommen würde. Seinetwegen hatte sie an sich gezweifelt, obwohl sie eigentlich an ihm hätte zweifeln müssen.

Er hatte ihr Vertrauen regelrecht missbraucht und müsste eigentlich von Viviane verlangen, dass sie umkehrte, damit er Madame Roche die Wahrheit gestehen könnte.

Doch das war auch unmöglich. Er würde zwar sein Gewissen erleichtern, aber er würde seiner Patientin mehr schaden als nützen, denn sie würde entweder ihm nicht glauben oder ihren Glauben in die Ärzteschaft einbüßen.

Madame Doué, Madame Lachère und die Krankenschwestern, die zugegen waren, würden den Vorfall, der ihnen nicht entgangen war, in Erinnerung behalten und in Zukunft jede seiner Bewegungen mit Bangen verfolgen.

»Ist es wirklich nicht möglich, dass Sie sich für ein paar Tage vertreten lassen und irgendwo ausspannen, in den Bergen, zum Beispiel?«

Sie waren schon miteinander in den Bergen gewesen, Viviane und er. Auch an der Côte d'Azur. Seit drei Jahren machten die Chabots nicht mehr gemeinsam Urlaub, und jeder in der Familie ging seiner eigenen Wege.

Er hatte keinerlei Lust, mit seiner Sekretärin in die Berge zu fahren, und noch weniger dazu, allein dort zu sein, in einem Hotel oder in einer Pension, von fremden Paaren beobachtet.

In diesem Augenblick überkam ihn beinahe die Gewissheit, dass er, falls er auf Vivianes Vorschlag einging, nie mehr zurückkehren würde. Er sah sich schon das Hotel verlassen, auf den Wald zugehen, eine günstige Stelle suchen ...

Er würde ganz ruhig sein, vielleicht lächeln, in einer Weise, die ihm keineswegs missfiel. Die Nachricht würde zuerst in einem Lokalblatt erscheinen. Polizisten würden das Personal verhören. Dann würden sich die Pariser Tageszeitungen damit beschäftigen:

Bekannter Arzt ...

Was würde seine Frau mit der Klinik machen? Ihr Bruder, Philippe, der finanziell beteiligt war, würde wahrscheinlich mit Begeisterung die kaufmännische Leitung übernehmen.

Audun hatte weder den Ruf noch das Format, als dass es zum Chefarzt reichte. Man würde sich unter seinen Kollegen umsehen, im Stillen legte er schon eine Liste an, wobei er manche Namen wieder ausstrich, andere hinzufügte.

Zehn Minuten vor fünf Uhr traf er zu Hause ein. Im Sprechzimmer fragte Viviane, mit den Gedanken schon bei Mrs. Markham, die gleich kommen würde:

»Spritzen Sie sie subkutan?«

»Ja.«

»Fünf Kubikzentimeter?«

Er musste ja gesagt haben, denn sie zog eine Spritze

auf, dann legte sie die Karteikarte der Patientin vor ihn hin und begab sich in den kleinen Raum neben dem Eingang, in dem sie arbeitete.

Geduldig hörte er sich die Ausführungen der Engländerin an, die äußerst seltsame Wörter benutzte, stellte Fragen, machte Notizen, dann schickte er sie im Zimmer nebenan hinter einen Vorhang, damit sie sich ausziehen konnte, während er in seinen Kittel schlüpfte und die Instrumente zurechtrückte.

Abhören. Blutdruck. Scheidenabstrich. Messen. Wiegen … Die kleine Flasche, die sie gefüllt mitgebracht hatte, in einen Karton stellen, ihr die leere Flasche in die Hand drücken, die sie trotzdem fast immer vergaß, sodass Viviane ihr bis in den Garten nachlaufen musste. Siebter Monat … Ein fünfzehnjähriger Junge aus erster Ehe … Wenn der Arzttermin auf einen Donnerstag fiel, wartete er im Salon auf seine Mutter …

Schließlich die kleine Madame Saligan, Tochter eines ehemaligen Ministers, Frau eines Finanzinspektors. Fünfter Monat. Nahezu die gleiche Routine, nur dass Madame Saligan pausenlos redete und ihr selbst auf der Türschwelle noch etwas einfiel, was sie erklären musste oder fragen wollte.

Jetzt war nur noch Viviane da, die den Frieden des Arbeitszimmers störte.

»Diktieren Sie noch Post?«

»Heute Abend nicht.«

Sie fragte nie:

»Essen wir zusammen?«

Sie sagte nur:

»Haben Sie etwas vor?«

Auch das nicht.

Er spürte, dass sie enttäuscht war, und vielleicht machte sie sich ja alles in allem wirklich Sorgen um ihn.

»Gehen Sie nicht mehr aus? Soll ich das Auto in die Garage stellen?«

»Lieber nicht.«

Es war Viertel vor sieben. Sein Tag endete selten so früh.

»Vergessen Sie nicht, in einer Dreiviertelstunde Ihr Medikament zu nehmen.«

»Danke.«

»Guten Abend, Professor.«

»Guten Abend.«

Sie war noch im Garten, als das Telefon klingelte. Er erkannte die Stimme seiner Frau.

»Störe ich dich? Hast du nicht gerade eine Patientin bei dir?«

»Ich bin allein.«

»Entschuldige, dass ich so hartnäckig bin. Kannst du wirklich nicht zu Philippes Diner kommen? Ich bin schon bei ihnen. Philippe wollte, dass ich dich anrufe.«

Er hatte bereits abgelehnt, als sie vor ein paar Tagen mit ihm darüber gesprochen hatte.

»Hör zu, Jean. Ich meine, du solltest, wenn du nicht zu müde bist, noch kurz vorbeischauen, und sei es nur zum Kaffee. Unter uns, ich glaube, Philippe hat seine Gründe, warum ihm daran liegt. Sein Schwiegervater will dich irgendetwas ziemlich Wichtiges fragen.«

»Sag Philippe, ich werde versuchen zu kommen.«

»Isst du zu Hause?«

»Weiß ich noch nicht.«

»Sind die Kinder da?«

»Ich habe niemanden gesehen.«

»Bis später. Ruh dich erst aus!«

Alle wollten ihm dringend Ruhe angeraten haben. Wie stünden sie denn da, wenn er nicht so gearbeitet hätte, wie er es seit zwanzig Jahren tat? Eigentlich seit eh und je, da er ja schon seine Kindheit, seine Jugendzeit damit zugebracht hatte, ein Stipendium nach dem andern zu ergattern.

Und was würde aus ihnen werden, wenn er jetzt aufhörte? Alles würde von heute auf morgen zusammenbrechen, die Avenue Henri-Martin wie die Klinik und das angenehme Leben, in dem sie sich um ihn herum eingerichtet hatten.

Christine wie Viviane mangelte es an Einfühlungsvermögen. Keine der beiden Frauen begriff, dass er außerhalb seiner beruflichen Tätigkeit zu existieren aufgehört hatte. Christine warf ihm wahrscheinlich vor, er habe sie vernachlässigt, sich nicht um ihr Privatleben gekümmert, um ihre berechtigten Sehnsüchte als Frau. Und bei Viviane hatte zum Beispiel an diesem Abend nicht viel gefehlt, und sie hätte dasselbe gedacht.

Sie kamen überhaupt nicht auf die Idee, dass sie ihm etwas vorenthalten hatten. Nie hatte sich jemand darum gesorgt, ihm das zu geben, was ... Was? Er suchte nach dem richtigen Wort, stellte fest, dass es gar keiner Ergänzung bedurfte. Kurz gesagt, ihm zu geben. Ihm irgendetwas zu bieten.

Für sie, für alle, war er der Starke, der Mann, der Professor, der Beichtvater, der Spender körperlichen und seelischen Wohlbehagens, der, dessen Aufgabe es war, Vertrauen zu erwecken.

Jeder kam zu ihm und erzählte ihm seine Nöte, und er musste Trost spenden. Er hatte Erfolg. Er hatte Titel, Ansehen und Würden errungen, und obendrein verdiente er viel Geld.

Worüber sollte er sich beklagen? Woran könnte es ihm schon mangeln?

Philippe, sein Schwager, der darauf bestand, ihn an diesem Abend bei sich zu sehen, war noch ein Grünschnabel gewesen, als Chabot Christine kennengelernt hatte. Die Familie lebte damals in einem Vorort, in Villeneuve-Saint-Georges, wo der Vater eine kleine Bankfiliale leitete.

Wie groß war eigentlich der Altersunterschied zwischen Philippe und ihm? Acht Jahre? Kaum. Eher sieben. Doch als Chabot dreiundzwanzig war, bedeutete das ungeheuer viel, sie befanden sich dadurch auf verschiedenen Ebenen, während sie heute beinahe gleichaltrig wirkten.

Christine hatte Vorlesungen an der Naturwissenschaftlichen Fakultät besucht, weil sie Laborantin werden wollte. Sie hieß Vanacker, ihre Familie stammte aus dem Norden.

Anfangs waren sie Studienkollegen gewesen, die sich in den Restaurants mit Einheitspreisen im Quartier Latin trafen. Chabot, der nur wenige Freunde hatte, fuhr jeden Abend zu seiner Mutter nach Hause nach Versailles, während Christine nach Villeneuve zurückkehrte.

Wie war er auf den Gedanken gekommen, sie zu heiraten? Er hätte es kaum erklären können. Das hatte sich unmerklich ergeben. Er half ihr beim Lernen, wofür sie nicht sonderlich begabt war, und sie bewunderte sein leichtes Auffassungsvermögen. Sie hatte ein sanftes, geduldiges Wesen. Er brauchte nur zu sagen:

»Wart hier auf mich.«

Am Tisch in einem Café, in einer Bibliothek, an einer Straßenecke. Und er war sicher, dass er sie eine Stunde später an derselben Stelle wiederfinden würde.

Ihre sexuellen Beziehungen hatten beinahe zufällig begonnen, und sie gewöhnten sich beide daran. Als sie drei Jahre später heirateten, war Christine schwanger, und sie hausten in einem einzigen Zimmer in der Rue Monsieur-le-Prince, wo sie, um ihren Lebensunterhalt zu bestreiten, abends Abschriften machten.

Das war sehr weit weg, sehr verschwommen. Er dachte so wenig wie möglich an diese Zeit, denn statt sich deutlich und freudig daran zu erinnern, empfand

er nur Unbehagen, sobald er sich in diese Jahre zurück-
versetzte.

Ob die anderen logen oder sich selbst etwas vor-
machten, wenn sie ganz nostalgisch von ihren schweren
Anfängen sprachen? Oder war er anders?

Als Philippe Vanacker, Christines Bruder, zum jungen Mann herangewachsen war, hatte er den Seinen nur
Sorgen beschert, hatte die Nacht zum Tage gemacht
und war recht undurchsichtigen Geschäften nachge-
gangen.

Mit zwanzig Jahren war er von seinem Vater, der davon überzeugt war, dass er im Gefängnis enden würde,
vor die Tür gesetzt worden, trotzdem hatte Philippe etwas später, auch wenn man nicht so genau wusste, wie,
eine Stelle als Rundfunksprecher bekommen.

Von da aus war er wohl zum Fernsehen gelangt,
nachdem er Maud Lambert geheiratet hatte, die einzige
Tochter des Weinhändlers Lambert, dessen Name an
Hunderten von Kesselwagen prangte.

Wie hatte er das nur angestellt? Nicht bei Maud, sie
war nur ein kapriziöses Ding gewesen, aber wie hatte er
Vater Lambert dazu bewogen? Es hieß, Philippe habe
durch den Rundfunk die Sternchen von Theater und
Film gekannt und seinen zukünftigen Schwiegervater in
diese Welt eingeführt, in der Lambert eine reiche Auswahl an hübschen Mädchen vorgefunden hatte.

Philippe und Maud bewohnten am Boulevard de
Courcelles, mit Blick auf die golden glänzenden Gitter

des Parc Monceau, eines jener behäbigen Herrenhäuser aus der Zeit der Jahrhundertwende, bei denen man stets damit rechnet, vornehme Kutschen herauskommen zu sehen.

Philippe machte nach wie vor Fernsehen, allerdings nur eine Sendung im Monat, was ausreichte, um ihm das Gefühl zu geben, bedeutend zu sein.

Maud war mit ihren fünfunddreißig Jahren immer noch genauso flatterhaft und unbesonnen wie mit siebzehn, sodass es Chabot unangenehm berührt hatte, als er vor zwei oder drei Jahren erfuhr, dass seine Frau fast jeden Tag mit ihr ausging. Der Boulevard de Courcelles schien ihre letzte Zuflucht geworden zu sein, und sie hatte von heute auf morgen den Friseur, den Schneider, den Geschmack und manchmal sogar das Auftreten ihrer Schwägerin übernommen.

Er verstand das nicht. Er verstand auch seinen Schwager nicht, der mit einem zufriedenen Lächeln auf den Lippen mit dem Leben jonglierte. Ihm widerfuhr nichts Böses. Nichts beunruhigte ihn, nichts behelligte seinen Verstand oder sein Gewissen. War das nicht beinahe ungeheuerlich?

Trotzdem hatte Chabot nicht mit Entrüstung reagiert, als die Bank damals beim Kauf der Klinik Sicherheiten verlangte und seine Frau ihm vorschlug:

»Sprich doch mit Philippe! Ich bin überzeugt, dass er das über seinen Schwiegervater hinkriegt.«

Aus diesem Grund hatte auch er eine Zeit lang häufig am Boulevard de Courcelles verkehrt, wo man alle möglichen Leute traf, vor allem einflussreiche Männer reiferen Alters in Begleitung sehr hübscher Mädchen.

Zwei Jahre vor ihrer Scheidung, bevor sie an die Côte d'Azur, nach Mougins zog, wo sie noch immer lebte, hatte er die erste Madame Lambert kennengelernt, Mauds Mutter.

Danach hatte es, jeweils nur für einige Monate, so manche falsche Madame Lambert gegeben, dann wieder eine echte, eine Zweiundzwanzigjährige, die in Chabots Klinik ein Kind zur Welt gebracht hatte und von der Lambert sich kurz darauf hatte scheiden lassen.

Nun hatte er eben zum dritten Mal geheiratet. Er war fünfundsechzig und herzkrank. Ihm gehörte ein Drittel der Klinikaktien, und Philippe besaß zehn Prozent.

Chabot durfte ihnen nichts abschlagen. Er würde also hingehen, um mit ihnen Kaffee zu trinken. Man würde ihm wie gewöhnlich mit gewissem Respekt begegnen, seiner Titel wegen, aber auch mit Herablassung, denn hatten nicht sie beide, Philippe und Lambert, ihn zu dem gemacht, was er war?

Wie würden sie reagieren, wenn er ihnen an diesem Abend erklärte:

»Heute habe ich beinahe eine Entbindung vermasselt. Das Ganze hing nur noch an einem Faden, und ich frage mich, ob ich überhaupt noch operieren kann ...«

Um ihn herum rührte sich nichts, und die Stille in seinem geräumigen Arbeitszimmer haftete zäh an den

Dingen. Man hätte glauben können, die Zeit existiere nicht mehr, die Welt außerhalb dieses Zimmers, außerhalb des matten Lichtkegels sei von einer Sintflut hinweggespült worden.

Da gab es nur noch ihn, in seinem Sessel, und unter seiner Schädeldecke arbeitete eine kleine Maschine hartnäckig weiter, sonderte ungesunde Gedanken ab, deprimierende Bilder.

Erst die sieben wie zögerlich klingenden Schläge der Uhr im Wartezimmer rissen ihn aus seiner Benommenheit, und seine erste Regung bestand wie erwartet darin, dass er sich etwas zu trinken eingoss.

Er hätte sich Notizen machen sollen, wie es ihm schon mehrmals in den Sinn gekommen war und wie er es bei seinen Patientinnen tat. Doch hatte er nicht eigens darauf achten wollen. Man sagte ihm so oft, er sei erschöpft, dass er es schließlich selbst glaubte und sich anfangs mit ein paar Tagen Ferien zufriedengab.

Inzwischen erinnerte er sich nur noch dunkel an die ersten Symptome, die wesentlichen.

Er hatte Medikamente genommen. Er hatte sie alle ausprobiert. Er hatte sogar versucht, sich durch sexuelle Ausschweifungen auf andere Gedanken zu bringen, und eine ganze Weile war er den Frauen regelrecht nachgelaufen, hatte weder bereitwillige Krankenschwestern verschmäht noch die eine oder andere Patientin, die sich anbot, was sein Dasein erschwert hatte.

Das hatte bis zu Viviane gedauert, und in Krisenzeiten packte es ihn gelegentlich erneut. Dennoch widerte ihn ein Lambert an!

Er hatte keinen Hunger. Ihn verlangte nach Ruhe, aber nicht danach, schlafen zu gehen, und er erreichte auf seinem Weg durch die scheinbar verwaiste Wohnung den kleinen Salon, wo er oft in seinem Lieblingssessel einnickte.

Er schaltete nur eine kleine Lampe rechts neben der Tür ein. Die Fensterläden waren nicht geschlossen, und draußen konnte man die Lichter der Autos sehen, die vorbeizogen, sowie die an Ort und Stelle verharrenden der Wohnungen gegenüber.

Rasch nacheinander hatte er zwei Cognac getrunken und vergessen, seine Tabletten zu kauen. Er musste nach Alkohol riechen. Andere tranken, ohne sich dessen zu schämen. Manchmal kamen auch seine Töchter ziemlich angeheitert nach Hause, und eines Nachts war er gegen drei Uhr früh vor seiner Tür auf zwei Unbekannte gestoßen.

»Sind wir hier richtig, bei Chabot?«

Selbst nicht ganz sicher auf den Beinen, hatten sie eine besinnungslose Éliane wie ein Postpaket hereingetragen.

»Wir haben gedacht, es ist besser, wenn wir sie Ihnen herbringen, vor allem weil Sie doch Arzt sind. Wissen Sie, wir können nichts dafür. Sie war in dem Zustand, als sich die anderen aus dem Staub gemacht haben ...«

Er hatte Kopfschmerzen und bemühte sich, diesen Mechanismus, der ihn zermürbte, abzustellen. Es musste ihm gelungen sein, denn als er Stimmen hörte, war es bereits Viertel nach acht. Sie kamen aus dem Esszimmer. Zögernd stand er auf und ging durch den großen Salon, in dem bei jedem Schritt das Kristall des Kronleuchters klirrte.

Am Tisch saßen nur David und Lise, er ohne Jackett, sie das Kinn auf die Hand gestützt, und ihre Haltung strahlte ein Gefühl von trautem Frieden aus, das ihn erstaunte. Zum ersten Mal merkte er ihnen so deutlich an, dass sie Geschwister waren, entdeckte er zwischen ihnen Bande, die er nie geahnt hatte.

Er hätte sich gern zurückgezogen, ohne ihre Vertrautheit zu stören, doch sie waren bereits verstummt und schauten ihn ein wenig überrascht, ja verlegen an.

»Du bist da?«

»Ich hab mich ausgeruht.«

»Isst du mit uns?«

Er zögerte. Jeanine schickte sich an, ein zusätzliches Gedeck aufzulegen.

»Maman isst heute am Boulevard de Courcelles.«

»Ich weiß.«

»Ich hab gedacht, du bist auch hingefahren.«

»Später, zum Kaffee.«

»Brauchst du den Wagen?«

Lise sah enttäuscht aus. David war noch zu jung zum Autofahren.

»Gute Nacht, Dad.«

»Gute Nacht ...«

Er konnte sich nicht aufraffen, sich umzuziehen, und kehrte in sein Arbeitszimmer zurück, wo er noch ein Glas trank und sich dabei im Spiegel betrachtete. Plötzlich hatte er das Bedürfnis zu weinen, hier, ganz allein, während er sein Spiegelbild anstarrte.

Schon nachmittags in der Klinik, während er nach der Entbindung die Kleidung wechselte, waren ihm zwei Tränen über die Wangen gelaufen. Das war nicht das erste Mal. Mitunter hatte er sogar schon richtig geweint, geschluchzt wie ein kleines Kind.

Er war nicht alt. Er war kein Mann, der ausgespielt hatte. Lambert mit seinen fünfundsechzig Jahren und seinem Herzleiden glaubte noch an das Leben und hatte vor kurzem noch einmal geheiratet.

War Chabot im Begriff, sich selbst etwas vorzuspielen? Sein Gesicht faszinierte ihn. Ohne den Blick von seinem Spiegelbild abzuwenden, hob er sein Glas, leerte es in einem Zug und verzog dann die Lippen zu einem bitteren Lächeln.

Nur aus Neugier, um zu sehen, wie das ist, zog er langsam die Pistole aus seiner Tasche, setzte die Waffe noch langsamer an seine Schläfe und drückte sie dagegen, wie man mit der Zunge gegen einen kranken Zahn drückt.

Er vermied es, den Abzug zu berühren. Er hatte nicht vor zu schießen. Er hatte bloß wissen wollen, wie es geht, und nun, da er die Bewegung ausgeführt hatte, glaubte er es zu wissen. Es war wohl besser, nicht zu lange so weiterzumachen, nicht mehr länger in seinem Arbeitszimmer zu bleiben, das er sich eben vorgestellt hatte, wie es »danach« aussehen würde, mit seinem Leichnam auf dem Fußboden.

Er steckte die Waffe wieder in die Tasche, räumte die Flasche in den Schrank und holte sich aus der Garderobe Hut und Mantel. Am Boulevard de Courcelles speiste man kaum vor neun Uhr. Zum Kaffee brauchte er also nicht vor zehn Uhr dort einzutreffen.

Er hatte viel Zeit. Auf den Gedanken, etwas zu essen, kam er nicht. Er setzte sich ins Auto, ließ einen Augenblick lang den starken Motor brummen, schaltete das Abblendlicht ein und ließ das Kupplungspedal kommen.

Er hatte auch nicht vor, sich im Auto umzubringen. Zu Viviane, die vielleicht ausgegangen war, würde er nicht fahren. In der Klinik hatte er nichts zu tun, und er war nicht in der Verfassung, sich im Port-Royal blicken zu lassen.

Um ihn herum waren mehr als vier Millionen Menschen, Cafés, Restaurants, Bars, Musik, Kinos, Theater; es gab Kollegen, ehemalige Kommilitonen von der Medizinischen Fakultät, die sich mit den gleichen Problemen auseinandersetzten wie er und von denen mancher, oder auch nur ein einziger, die gleichen Ängste kannte. Es gab Frauen, die bereit wären, ihm Vergnügen zu verschaffen, und irgendwo einen Mann, der sein Dorf verlassen hatte, mit der fixen Idee, ihn zu töten.

Da gab es die ganze Welt, und am Steuer eines schnellen Autos, das er beinahe ängstlich lenkte, saß ein Professor von neunundvierzig Jahren, der zwei Stunden Zeit vor sich hatte und nicht wusste, wohin.

Plan- und ziellos war er von einer Allee des Bois de Boulogne in die andere eingebogen, und erst als er vor sich die Brücke von Saint-Cloud erkannte, beschloss er, nach Versailles zu fahren.

Seit drei Monaten hatte er seine Mutter nicht mehr gesehen.

5

Der Besuch in Versailles und der Kartenspieler mit dem blauroten Gesicht

Die Straße hatte sich in den dreißig Jahren kaum verändert, die grauen Häuser alterten wie eh und je langsam vor sich hin. Dennoch entdeckte er von weitem eine Tankstelle, und vielleicht war dort auch eine Reparaturwerkstatt. Der finstere Gemischtwarenladen mit der niedrigen Decke allerdings, in dem er seine Bonbons gekauft hatte, war verschwunden und hatte einem Schaufenster mit Kühlschränken und Elektrogeräten Platz gemacht.

An der Tür seines Hauses war damals ein weißes Emailleschild mit der Aufschrift »Aristide Tilkin, vereidigter Übersetzer« angebracht, und vielleicht hatte es an dem Wort »vereidigt« gelegen, das ihm unheimlich war, vielleicht auch an dem spitzen Schnurrbart des Mieters, dass er vor ihm lange Angst gehabt hatte. Jetzt war neben der Klingel ein anderes Schild, ein kleineres, aus Kupfer: »Mademoiselle Moulon, Gesanglehrerin.«

Mademoiselle Moulon war nach Monsieur Tilkin im ersten Stock eingezogen, und die Besitzer des Hauses, beziehungsweise ihre Kinder, wohnten immer noch im Erdgeschoss. Sein Zuhause, die Wohnung seiner Eltern, lag im zweiten Stock, und auch an diesem Abend leuchtete wie schon vorzeiten in den Fenstern nur unzulängliches, trübes Licht, das ihn jedes Mal, wenn er nach Einbruch der Dunkelheit heimgekommen war, melancholisch gestimmt hatte.

Beinahe hätte er den Klingelzug betätigt, weil er nicht daran dachte, dass der nur noch Verzierung war und dass man darunter elektrische Klingelknöpfe mit den Namen der Mieter installiert hatte. Er zögerte. Sollte er seine Mutter wirklich dazu nötigen, wegen seines sinnlosen Besuchs die Treppe herunterzusteigen? Er brachte nichts her. Er kam auch nicht, um sich etwas abzuholen, denn hier war gewiss der Ort, an dem er die geringste Chance hatte, Trost zu finden. Da er sich scheute vorzufahren, hatte er seinen Wagen an der Straßenecke stehen lassen.

Am Ende drückte er doch auf den Klingelknopf, und mit einer Bewegung, auf die er sich nach langer Zeit wieder besann, hob er den Kopf. Seine Mutter würde nämlich, ehe sie herunterkam, geräuschlos und misstrauisch das Fenster öffnen, sich herausbeugen und versuchen, trotz der Dunkelheit den Besucher zu erkennen.

»Wer ist da?«, rief sie schließlich.

»Maman, ich bin's.«

»Ich komme sofort.«

Da tauchte noch etwas in seiner Erinnerung auf, und er antwortete:

»Wirf mir den Schlüssel herunter.«

Sie holte ein Tuch, um den Schlüssel einzuwickeln, der alsbald neben seinen Füßen auf den Boden fiel. Er stieg die Treppe hinauf und sah unter der Tür im ersten Stock Licht durchschimmern. Im zweiten ging die Tür auf. Seine Mutter beugte sich über das Geländer.

»Ist etwas passiert? Du bringst mir doch hoffentlich keine schlechte Nachricht!«

»Nein. Warum?«

Als er auf dem Treppenabsatz neben ihr stand, musste er sich hinunterbeugen, um sie auf die Wangen zu küssen; sie war immer sehr klein gewesen und wurde nun von Jahr zu Jahr noch kleiner. Besuche wie dieser schienen sie eher zu beunruhigen oder misstrauisch zu machen, als zu freuen.

»Komm rein! Leg ab! Es ist sehr warm hier. Je älter ich werde, desto leichter friere ich. Wie kommt es, dass du mich besuchst?«

Er log aus Barmherzigkeit, vielleicht auch, um die Sache zu vereinfachen.

»Ich kam gerade durch Versailles.«

»Bist du allein?«

»Ja.«

»Chauffiert dich heute nicht deine Sekretärin?«

Einmal hatte seine Mutter vom Fenster aus Viviane entdeckt, die im Auto gewartet hatte.

»Wer ist das?«, hatte sie gefragt.

»Meine Sekretärin.«

»Du nimmst deine Sekretärin überallhin mit, und sie

bleibt im Auto sitzen? Auch wenn du zu deinen Patientinnen fährst?«

»Im Allgemeinen mache ich keine Hausbesuche.«

Er hatte versucht, ihr zu erklären, dass er, wenn er müde war, eine gewisse Abneigung gegen das Fahren hatte, und wie erwartet hatte sie es nicht geglaubt.

»Weißt du, mir ist das egal. Das ist doch deine Angelegenheit. Solange sich deine Frau damit abfindet.«

War er hergekommen, um diese Stätte seiner Vergangenheit wiederzusehen? Die hatte sich noch weniger verändert als die Straße. Alles war so geblieben wie beim Tod seines Vaters, der Voltaire-Sessel neben dem Fenster, der Pfeifenständer samt der Meerschaumpfeife mit dem langen Holm aus Vogelkirschholz, den beiden gebogenen Pfeifen und der aus Ton, die einen Zuaven darstellte und nie geraucht worden war …

Der Kohleofen bullerte, und unter der Hängelampe spielte ein Radio in gedämpfter Lautstärke neben einem angefangenen Brief, einem violetten Tintenfass und einer Nickelbrille, die seinem Vater gehört hatte und die seine Mutter ihren Augen hatte anpassen lassen, als sie dann selber Gläser brauchte.

»Hast du schon gegessen?«

Er log wieder.

»Weißt du«, fuhr sie fort, »ich esse noch immer ziemlich früh, und wenn sich die meisten Leute erst an den Tisch setzen, immer später übrigens, und ich frage mich, warum, dann hab ich mein Geschirr schon gespült.«

Er war sicher, dass in der Küche, deren Tür offen stand, die aber aus Sparsamkeit nicht beleuchtet war, nichts herumlag.

»Als dein Vater noch aus dem Haus ging, da hat er behauptet, ich lasse ihn absichtlich so früh essen, damit er nicht mit seinen Freunden in der Kneipe hocken kann. – Wie geht es deinen Kindern?«

»Danke, gut.«

»Und deiner Frau?«

»Der geht es auch gut.«

»Kann ich dir etwas zu trinken anbieten?«

Sie hätte es ihm übel genommen, wenn er abgelehnt hätte, und sie holte aus dem Buffet die Karaffe mit dem klaren Schnaps, die er von jeher kannte.

Zu Zeiten, da sie noch Marmelade einkochte, tauchten sie in diesen Schnaps die Scheiben aus sehr dünnem, durchsichtigem Papier ein, das er Engelhaut nannte und das sie auf die Marmelade legten, bevor sie die Töpfe mit Pergamentpapier abdeckten und zubanden. Das war fast immer seine Aufgabe gewesen, und er erinnerte sich noch an den typischen Geruch des Schnapses, der auch eingeschenkt wurde, wenn sein Vater hin und wieder einmal einen Freund nach Hause mitbrachte oder wenn ein Handwerker kam und etwas reparierte.

Die zur Karaffe passenden Gläser waren winzig und so zerbrechlich, dass es an ein Wunder grenzte, sie nach so vielen Jahren noch unversehrt zu sehen.

»Du siehst nicht gut aus, Sohn.«

Sie auch, natürlich! Er hatte es erwartet.

»Läuft es immer noch so, wie du möchtest?«

Sie musterte ihn mit einem fast klinischen Blick, als versuchte sie herauszufinden, was er vor ihr verbarg.

Er musste ein ganz normales Kind gewesen sein und sie auch eine ganz normale Mutter. Dennoch war er in diesem Haus wie später in der Rue Monsieur-le-Prince unglücklich gewesen; er hatte sich nicht wohl, nie richtig zu Hause gefühlt. Gewiss, er hatte Mitleid mit diesem Vater gehabt, der seinen Sessel nicht mehr verließ. Seine Mutter hatte ihm erklärt:

»Dein Vater ist krank.«

Wollte er mehr darüber wissen, hatte sie geheimnisvoll gesagt:

»Es ist im Kopf. Das verstehst du nicht. Nicht einmal die Ärzte wissen es.«

Dabei war nie ein Arzt zu ihm gekommen, außer ganz zum Schluss. Ob sie den einen oder anderen aufgesucht hatte, ohne etwas davon zu erzählen? Weil sein Vater krank war, durfte er keinen Lärm machen, ihm nicht widersprechen, er musste den Mund halten, der Beste in der Klasse sein, alles essen, was man ihm auftischte, sogar Kalbskopf, den er verabscheute, den sein Vater aber mindestens zweimal in der Woche verlangte.

Seine Mutter, die ihr Leben einem Kranken geweiht hatte, war dabei zu einer Heiligen geworden, die Händler im Viertel hatten ihm das immer wieder gesagt und

dabei halb bewundernd, halb mitleidig den Kopf ge-
schüttelt.

»Wo tut es ihm denn weh, Maman?«

»Überall und nirgends.«

»Kann er wirklich nicht gehen?«

»Er könnte es, wenn sein Kopf gesund würde.«

Diese seltsame Krankheit hatte ihn unsicher gemacht.
Einer seiner Schulkameraden hatte seinen Vater in ei-
nem Sanatorium; ein anderer hatte den seinen bei einem
Straßenbahnunfall verloren. Er hatte als Einziger einen
Vater gehabt, der ohne sichtbares Gebrechen in einem
Sessel saß und sich nicht rührte.

Er hatte viel darüber nachgedacht, später, und vielleicht hatte er sich dieser geheimnisvollen Krankheit
wegen für die Medizin und gegen die Rechte entschieden, ausgerechnet er, dem damals übel wurde, sobald
er Blut sah.

Der Vater starb, als er eben mit dem Medizinstudium
begann. Hatte er sich nicht deshalb zunächst der Psychiatrie verschrieben, weil er versuchen wollte, das Rät-
sel um die letzten Jahre seines Vaters aufzuklären?

Er hätte diesen Weg auch weiterverfolgt, wenn ihm
seinerzeit nicht zu Ohren gekommen wäre, dass auf
der Entbindungsstation des Broca-Krankenhauses die
Stelle eines Assistenzarztes frei werden würde. Er hatte
gerade erst geheiratet, und sie hatten am Hungertuch
genagt.

»Läuft deine Klinik noch immer gut?«

Seit er sie gekauft hatte, von einem Arzt, der, kurz bevor alles fertig eingerichtet war, einen Herzinfarkt bekommen hatte, tat seine Mutter so, als hielte sie die Klinik für sein einziges Betätigungsfeld. Er beobachtete sie ebenfalls und hatte schon oft versucht, ihr Verhältnis zu analysieren.

Als er noch sehr klein war, hatte sie ihn wahrscheinlich geliebt, wie jede Mutter ihr Kind liebt, und wenn sie es kaum gezeigt hatte, konnte sie das damit entschuldigen, dass ihr Mann sie auch brauchte und dass er, reglos in seinem Sessel, zuletzt den gesamten Raum in ihrer Wohnung einnahm.

War dies nicht genau das, was Auguste Chabot gewollt hatte? Die Welt hatte ihn verfolgt. Ein paar Freunde hatten ihn verraten. Um sie zu bestrafen, um ihnen seine Verachtung zu zeigen, verschanzte er sich in seinen vier Wänden und wurde zum Märtyrer.

Anstatt die Geduld zu verlieren, sich dagegen aufzulehnen, nahm seine Frau diesen Zustand wie einen Glücksfall auf. Sie hatte dadurch einen Menschen ganz für sich allein, einen Menschen, der aus eigener Kraft nichts mehr vermochte, der vollkommen abhängig von ihr war. Ihre Aufopferung wurde unentbehrlich, und für das ganze Viertel trug sie, wie in ihren eigenen Augen, die Aureole einer weltlichen Heiligen.

Sie waren arm, doch die Armut verwandelte sich in eine Tugend. Während sich ihr Mann, wie es damals hieß, für die Unglücklichen, die Unterdrückten eingesetzt hatte, verschrieb sie sich einem wachsenden Hass gegen alle Reichen, ohne Ausnahme.

»Man kann nicht reich werden und dabei sein reines Gewissen behalten.«

Diesen Satz hatte Chabot hundertmal gehört, und trotzdem war er, den Glauben seiner Mutter verratend, reich geworden. Denn für sie zählten alle, die in gewissen Vierteln wohnten, die einen dementsprechenden Lebensstil pflegten, die sich Hausangestellte hielten und in bestimmter Weise kleideten, zu den Reichen.

Sie hatte davon geträumt, dass ihr Sohn, wenn er erst einmal Arzt war, sich in Versailles niederlassen würde, wie Doktor Benoît, der einstmals in ihrer Straße gewohnt hatte und den man oft mit seiner kleinen braunen Arzttasche hatte vorübergehen sehen.

Als Christine und er noch in einem einzigen Zimmer in der Rue Monsieur-le-Prince gehaust hatten, war sie einmal in der Woche zu Besuch gekommen, hatte stets ein Päckchen mitgebracht und es unauffällig auf irgendein Möbelstück gelegt: Kaffee, Zucker, Schokolade, ein paar Scheiben Schinken.

Am Square du Croisic sahen sie sich auch noch ziemlich oft, dorthin brachte sie Süßigkeiten für die Kinder mit. Die Pension, die sie vom Staat bekam, war bescheiden. Seit er dazu imstande war, überwies Chabot ihr jeden Monat einen bestimmten Betrag, wogegen sie sich lange Zeit aus Prinzip gewehrt hatte.

»Weißt du, ich brauche eigentlich nichts, aber du, du

hast ja Kinder, und du musst erst noch zusehen, dass du zu Patienten kommst ...«

Zur Not ließ sie gerade noch gelten, dass er den Ehrgeiz gehabt hatte, Professor zu werden. Sie verzieh ihm jedoch weder die Klinik Les Tilleuls noch die Wohnung in der Avenue Henri-Martin, die sie nur ein einziges Mal betreten hatte, wobei sie die Zähne kaum auseinanderbekam und verächtlich die seidenen Vorhänge, die Teppiche, die Möbel und die Gemälde betrachtete.

»Na ja, Kinder, ich wünsche euch, dass ihr trotzdem glücklich werdet!«

Christine hatte die Töchter, als sie noch klein waren, von Zeit zu Zeit nach Versailles gebracht. Mit David war sie seltener hingefahren, weil das Leben damals schon komplizierter geworden war.

»Es wäre so viel netter, Maman, wenn Sie zu uns kämen«, hatte Christine gesagt.

»Liebe Tochter, ich möchte Ihnen keine Schande machen. Wenn Ihre Freunde mich sähen, würden sie mich für eine der Hausangestellten halten. Ich kenne meinen Platz, und er ist mir lieber als Ihrer.«

Jean Chabot wusste, dass sie nie ihre alte Wohnung aufgeben würde, die sie wie ein Museum hegte. Er hatte sie angefleht, ihn dort das eine oder andere neu einrichten zu lassen, etwa ein Badezimmer zu installieren, einen Elektroherd anzuschaffen und, später, einen Fernsehapparat.

»Ich habe bisher ohne dieses ganze Zeug gelebt, und ich kann bis zu meinem Tod gut darauf verzichten.«

Ebenso vergebens hatte er darauf gedrängt, sie solle ein Hausmädchen einstellen. Es war ihm nicht einmal gelungen, sie zu einem Telefon zu bewegen.

»Wozu sollte mir das nützen? Ich habe niemanden anzurufen, und niemand würde mich anrufen.«

»Falls du plötzlich einmal einen Schwächeanfall bekommst ...«

»Ich brauche nur mit dem Stock deines Vaters auf den Boden zu klopfen. Das Fräulein von unten weiß dann schon, was das bedeutet.«

Das Radio auf dem Tisch, das sie gerade abgestellt hatte, war auch kein Geschenk von ihm. Sie hätte es nicht angenommen. Sie hatte aus der Familie ihrer Mutter Verwandte ausfindig gemacht, die er nie kennengelernt und von denen er höchstens ab und zu einmal reden gehört hatte, die Nicouds, die Papets, die Varniers. Einige von ihnen lebten in Versailles und in Paris, und von den Jüngeren waren welche nach Nordafrika gezogen.

Es waren lauter arme Schlucker, und seine Mutter fühlte sich vor allem jenen zugetan, denen das Schicksal am härtesten mitgespielt hatte. Sie wusste über deren Probleme Bescheid, über die Arbeitslosigkeit des einen, über die Krebserkrankung einer kleinen Cousine, die Frühgeburt einer anderen, die Behinderung eines Kindes.

Sie besuchte diejenigen, die nicht zu weit entfernt wohnten, und brachte jetzt denen ihre kleinen Pakete, den anderen schickte sie lange Briefe, wie den, den er auf dem Tisch liegen sah.

»Noch ein Glas? Aber ja! … Dein Vater trank immer zwei …«

»Papa trank?«

Da wurde sie steif wie ein Stock.

»Du meinst doch nicht etwa, dein Vater sei ein Trunkenbold gewesen? Nicht ein Mal in unserer Ehe, hörst du, nicht ein einziges Mal, ist er betrunken in diese Wohnung gekommen. Das hätte ich übrigens auch nicht geduldet. Er hob mal einen in der Kneipe, mit seinen Freunden, und selbst dort ging er weniger hin, um Karten zu spielen, als um über Politik zu reden. Er war ein Kämpfer. Für seine Ideen opferte er alles auf.«

Ein scharfer Blick gab ihm zu verstehen, welchen Unterschied sie zwischen seinem Vater und ihm machte.

»Ein bisschen Wein bei Tisch, wie alle Leute, und abends nach dem Essen zwei kleine Schnäpse beim Zeitunglesen …«

Er wagte nicht zu fragen, ob er in sein Zimmer schauen dürfe, das auf den Hof ging. Auch hier, das wusste er, war nichts verändert worden, weder die geblümte Tapete noch das Regal, in dem nach wie vor seine Schulbücher und die Preise standen, die er bekommen hatte.

Was suchte er denn an diesem Abend hier? Vorhin, am Steuer seines Wagens, hatte er es nicht gewusst, sich die Frage nicht gestellt. Und jetzt, da er auf die Antwort zu stoßen glaubte, schnürte sich ihm die Kehle zu.

War dieser Besuch nicht ein Abschied?

»Weißt du, Maman …«

Die alte Frau sah ihn fest an, unerschütterlich. Er kämpfte gegen seine Rührung. Er hätte ihr gern so etwas wie eine Botschaft zurückgelassen.

»Was wolltest du mir sagen?«

Sie schien auf einmal sanfter zu werden. Hoffte sie nicht, er würde ihr endlich gestehen, dass er trotz des äußeren Anscheins und trotz seines Geldes unglücklich war? Dann hätte sie ihn trösten können.

So weit wollte er es denn doch nicht treiben, auch nicht für ein bisschen Mitleid. Im Übrigen war es nicht Mitleid, was er brauchte. Seine Botschaft war anderer Natur gewesen und hatte sich bereits verflüchtigt. Selbst wenn er gewollt hätte, er wäre nicht mehr imstande gewesen, Worte dafür zu finden.

Es war über ihn gekommen, während er den Sessel betrachtete, den Pfeifenständer, die Bücher mit den brüchigen Einbänden, während er an sein Zimmer dachte, während er auf dem Tisch die Brille sah, die nacheinander den beiden Ehegatten gedient hatte.

Einen Augenblick lang hatte das in seiner Vorstellung einen Sinn ergeben, ein Ganzes gebildet, feste Gestalt angenommen. Er glaubte, seinen Vater zum letzten Mal nach Hause kommen zu sehen, obwohl er in Wirklichkeit in der Schule war, als die Szene stattfand.

Er hatte Bruchstücke der Wahrheit aufgelesen, aus Vergangenheit und Gegenwart, und auf wundersame Weise, wie bei bestimmten Diagnosen, hatte zwischen alledem ein Zusammenhang bestanden. Er war so nahe daran gewesen, es zu begreifen, dass er angestrengt den roten Faden wiederzufinden versuchte, ohne sich dabei des schmerzlichen Ausdrucks auf seinem Gesicht bewusst zu werden.

»Was hast du denn, Jean? Bist du krank?«

»Nein.«

»Bist du sicher, dass es nicht das Herz ist? Man hört von so vielen Ärzten, die daran sterben!«

»Aber nein, Maman.«

Auch sie war enttäuscht, weil er sich ihr nicht anvertraute.

»Fühlst du dich wirklich wohl?«

»Ganz bestimmt.«

»Du hast nicht vielleicht Kummer mit deiner Familie? Auch geschäftlich nicht?«

Er rang sich ein Lächeln ab. Was hätten in den Augen seiner Mutter seine Schwierigkeiten schon bedeutet, verglichen mit dem Unheil, das über ihre Cousins und Cousinen hereingebrochen war: Arbeitslosigkeit, Krebs, behinderte Kinder? …

»Christine hat dich in letzter Zeit nicht besucht?«

»Seit Neujahr nicht mehr. David hat mir zum Namenstag eine Postkarte geschickt.«

Von seinem Sohn wunderte ihn das, er schien sonst

nicht einmal zu wissen, dass er überhaupt eine Groß-
mutter hatte.

»Es wird Zeit, dass ich mich wieder auf den Weg mache ...«

Er zog seine Brieftasche heraus.

»Nicht doch, Sohn ... Mit dem, was du mir schon jeden Monat schickst, habe ich mehr, als ich brauche ...«

Die monatliche Überweisung schrieb nicht er aus,
sondern Viviane, gleichzeitig mit den Schecks an die
Lieferanten. Seine Mutter wusste das, sie sah es an der
Schrift.

Dennoch legte er einige Scheine auf den Tisch.

»Du kennst bestimmt ein paar liebe Cousins, die irgendetwas brauchen ...«

Beging er damit vielleicht einen Fehler? Er tat es jedes Mal, und bisher war sie nie gekränkt gewesen; sie
hatte eher zufrieden ausgesehen, trotz ihrer Einwände.
Ihm war so, als sei sie ein wenig blass geworden. Daran
musste nicht unbedingt das Geld schuld gewesen sein.
Er war sehr erschöpft. Noch nie hatte er sich so müde
gefühlt, und das sah man ihm wohl an, wenn sich an
diesem Tag alle, einschließlich seiner Mutter, um seine
Gesundheit Sorgen machten.

»Ich glaube, ich hab es dir schon gesagt«, murmelte
sie, »aber bei Leuten in meinem Alter kommt es vor,
dass sie oft dasselbe sagen, und ich möchte nicht, dass
du's vergisst und diese Papiere da öffentlich zum Ver-
kauf anbieten lässt. Ich rede von den Papieren deines

Vaters. Sie sind in der obersten Schublade der Kommode. Dort liegt auch sein Soldbuch samt seinem Foto als Unteroffizier bei den Dragonern. Erinnerst du dich noch daran? Du wolltest immer, dass ich es dir zeige, und einmal hast du dir zu Weihnachten eine Trompete von der Kavallerie gewünscht …«

»Gute Nacht, Maman.«

»Gute Nacht, Sohn.«

Er traute sich nicht, sie in die Arme zu nehmen und an sich zu drücken, weil er das nie getan hatte, und so begnügte er sich mit einem Kuss auf jede Wange, ehe er ins Treppenhaus entschwand.

Über das Geländer gebeugt, versäumte sie nicht, ihm wie vor vierzig Jahren, als er noch zur Schule ging, einzuschärfen:

»Mach die Tür leise zu.«

Er hob den Kopf und murrte:

»Ja …«

Er hätte nicht herkommen sollen. Es beängstigte ihn plötzlich, nicht so sehr der Besuch selbst, sondern dass er auf die Idee zu diesem Besuch verfallen war. Er versuchte sich zu erinnern, was er gedacht hatte, während er, von der Avenue Henri-Martin kommend, durch den Bois de Boulogne gefahren war. Hatte er sich nicht unbewusst darangemacht, nach einer Spur zu suchen?

Hatte er denn irgendetwas gefunden, und sei es nur einen Anhaltspunkt? Einen Moment lang hatte er es geglaubt, und vielleicht würde sich dieser Geistesblitz wiederholen. Vom Schnaps seiner Mutter hatte er einen üblen Geschmack im Mund. Er hatte Lust auf einen Cognac. Weil er sich das jedoch nicht eingestehen wollte, erfand er einen plausiblen Vorwand, besann sich auf eine Gaststätte in einer Parallelstraße, deren Namen er nicht mehr wusste und in der sich sein Vater mit seinen Freunden getroffen hatte.

Vorhin hatte er sie von weitem gesehen, kaum heller erleuchtet als einst, und da er nun einmal eine Art Wallfahrt unternahm, konnte er sie schließlich auch zu Ende gehen.

Er begab sich zu Fuß hin, obwohl ihn nach so langer Zeit im Viertel niemand erkannt hätte. Als er die Tür aufstieß, schlug ihm warme Luft entgegen, ein Geruch von Zigarren und Bier, den er vergessen hatte.

Sofort bedauerte er, dass er hineingegangen war, denn die Atmosphäre war beinahe ebenso drückend, ebenso deprimierend wie am späten Nachmittag in seinem Arbeitszimmer.

Das Lokal hatte sich nicht verändert, es hatte noch seine Marmortische, seine schmutzig roten Sitzbänke, den Spiegelstreifen, der sich an den Wänden entlangzog, und das Metallgestell für die Geschirrtücher.

In der Ecke neben der Theke spielten vier Männer Karten, der Kellner stand mit einer Serviette in der Hand dabei und verfolgte die Partie, während eine noch junge Frau mit üppigem Busen, die Wirtin oder die Kassiererin, neben dem Bierhahn Zeitung las. In einem

Hinterzimmer umkreisten zwei Gäste langsam den Billardtisch, und man hörte die Kugeln aneinanderstoßen.

Es war zu spät dazu, den Rückzug anzutreten und woanders etwas trinken zu gehen. Er setzte sich in die Nähe der Tür und bestellte einen Cognac.

»Einen großen?«

Er sagte ja, und während er auf sein Glas wartete, betrachtete er nacheinander die Mienen der Leute. Der Kartenspieler, der ihm gegenübersaß, war ausgesprochen fett, mit einem Doppelkinn so dick wie ein Kropf unter seinem blauroten Gesicht. Ab und zu warf er Chabot einen strengen Blick zu.

Was er wohl aussagte, wenn er als Zeuge vorgeladen würde? Und die anderen, die der Reihe nach den Eindringling musterten?

Ihre Ruhe, ihr Selbstvertrauen, die Ernsthaftigkeit, mit der sie sich ihre Karten genau besahen, um sie dann mit einer entschlossenen Bewegung abzuwerfen, machten ihm Angst. Von seinem Platz aus hätte er auf Anhieb jedem von ihnen eine niederschmetternde Diagnose stellen können.

Und doch würde man ihnen die Fragen stellen. Sie waren das, was man normale Menschen nannte.

Die erschreckendste Zeugenaussage allerdings wäre, selbst wenn sie stumm blieb, seiner Mutter vorbehalten. Sie brauchte sich nur zu zeigen, aufgezehrt von den Jahren, eine in Tränen aufgelöste Heldin!

»Madame, Ihr Sohn …«

Ein Blick würde genügen, eine Pose. Mit zur Seite geneigtem Kopf, wie eine Viertelstunde zuvor, als sie ihn verstohlen beobachtet hatte, würde sie vielleicht hinzufügen:

»Ich weiß ... Ich habe schon immer damit gerechnet ...«

Er musste dem ein Ende setzen. Er rief den Kellner.

»Noch mal dasselbe ...«

Er hatte einen Weg eingeschlagen, der ihn beängstigte. Morgen früh musste er als Erstes einen Abstecher zum Port-Royal machen, um zu erfahren, wie es dem Mädchen mit dem Mondgesicht ging. Im Allgemeinen war intramuskulär verabreichtes Cortison in einem Fall wie ihrem ungefährlich. Es bedurfte nur einer gewissen Beobachtung. Auf Nicole Giraud, seine Assistentin, konnte er sich verlassen.

Ob sie vielleicht bei ihm zu Hause angerufen hatte? Oder jemand von der Klinik? Etwas Unvorhergesehenes konnte immer eintreten. Er hatte nicht gesagt, wohin er ging. Für gewöhnlich kümmerte sich Viviane darum. Es kam nie vor, dass er nicht zu erreichen war.

»Haben Sie Telefon?«

»Hinten im Billardzimmer, links, neben den Toiletten. Wollen Sie in Paris anrufen? Brauchen Sie einen Jeton?«

Zuerst telefonierte er in die Avenue Henri-Martin, und es meldete sich die Köchin.

»Ach, Sie sind's, Monsieur ... Jeanine ist nicht da ... Ich bin ganz allein ...«

»Hat jemand für mich angerufen?«

»Nur Madame. Sie wollte wissen, ob Sie noch da sind, und ich hab ihr gesagt, dass Sie außer Haus sind. Hoffentlich hab ich nichts verkehrt gemacht!«

Er holte an der Kasse noch zwei Jetons. Es war selten, dass er die Nummern selbst wählte. Er stellte sich dabei ungeschickt an. Viviane fehlte ihm. Allmählich bedauerte er, dass er sie nicht mitgenommen hatte. Er musste sich beruhigen und rief in der Klinik an.

»Es läuft alles prima, Professor. Madame Roche hat über eine Stunde mit ihrem Mann und ihrem Schwager verbracht, ohne dass sie sich erschöpft gefühlt hätte. Danach hat sie alles aufgegessen, was ihr serviert wurde, und ist eingeschlafen. In der Gynäkologie habe ich gerade die Patientin von Vierundzwanzig aufgenommen, die Sie morgen Abend operieren.«

»Hat jemand nach mir verlangt?«

»Nein, niemand. Es ist alles ruhig.«

Es wäre ihm lieber gewesen, wenn ein Notfall ihn zurückgerufen hätte. Er hätte wohl ein bisschen Angst gehabt, gewiss, aber das hätte ihn gezwungen, sich wieder in die Gewalt zu bekommen. Er spürte, dass er abzurutschen drohte, und rief in der Entbindungsanstalt an, als winkte ihm von dort eine letzte Hoffnung.

»Ist Madame Giraud noch da?«

»Nein, Professor. Doktor Berthaud hat den Dienst übernommen.«

Sein zweiter Assistent.

»Verbinden Sie mich mit ihm.«

Er wäre gern an dessen Stelle gewesen, in Weiß, mit der Verantwortung für ganze Reihen von Betten, in denen Frauen schliefen oder manche auch litten, schweigend, mit offenen Augen.

»Alles in Ordnung, Monsieur ... Ja, ich habe die Patientin gesehen ... Doktor Giraud hat mir Ihre Anweisung mitgeteilt ... Bis jetzt verträgt sie die Behandlung sehr gut ... Sonst gibt es nichts Besonderes ... Wir rechnen heute Nacht mit drei Entbindungen, und bei allen dreien steht zu erwarten, dass sie normal verlaufen ... Was den Kaiserschnitt betrifft, den nimmt Doktor Weil gerade in diesem Augenblick vor ...«

Kein Rettungsanker! Niemand brauchte ihn, weder seine Kinder noch seine Mutter noch seine Patientinnen.

»Alles läuft normal ...«

War die junge Elsässerin nicht genau um diese Tageszeit an den Quai gegangen, noch unschlüssig, was sie tun würde? Hatte sie nicht vorher versucht, sich an irgendetwas zu klammern? Hatte sie vielleicht ein letztes Mal probiert, die Vorschriften in der Klinik Les Tilleuls zu umgehen, oder hatte sie vor den erleuchteten Fenstern in der Avenue Henri-Martin gewartet, in der Hoffnung, er würde nach Hause kommen oder weggehen?

Der Teddybär! Der Ausdruck, der ihm so zärtlich erschienen war, geriet zur grausamen Ironie.

War sich Viviane ihrer Verantwortung bewusst? Anscheinend war sie nicht bedrückt. Nur beunruhigt, weil sie darauf gefasst war, dass er sie zur Rechenschaft ziehen, ihr Vorwürfe machen, sie in seinem Zorn vielleicht vor die Tür setzen würde.

Sie behütete ihn! Alle behüteten ihn! Er durfte sich nicht verzetteln. Sie brauchten ihn ja so, wie er war, so, wie sie es beschlossen hatten, damit er sie auf Händen tragen konnte.

Sie alle hatten Probleme, und die zu lösen war seine Aufgabe. Deshalb durfte er nicht auf Abwege geraten.

Sogar die Wirtin oder Kassiererin, kurz, die Frau mit dem großen Busen, sah von ihrer Zeitung auf und betrachtete ihn mit einem besorgten Blick, als unterstellte sie ihm, er sei nicht zum Telefonieren in die Kabine gegangen, sondern um sich dort zu übergeben.

»*Garçonne,* was macht das?«

Er würde sich ein Blatt Papier nehmen, nicht heute, aber an einem anderen Abend, zu Hause in seinem Arbeitszimmer, wenn niemand in seiner Nähe war, und er würde, soweit er nur vermochte, Jahr um Jahr zurückverfolgen und alle Anhaltspunkte aufschreiben. Das entsprach der Disziplin, die man ihn gelehrt hatte und die er wiederum seinen Schülern beibrachte.

Nichts außer Acht lassen! Sich nicht mit einer annähernd zufriedenstellenden Antwort, einem augenscheinlichen Symptom begnügen. Die fragwürdigen Fakten ausschließen. Die anderen ordnen. Und selbst dann nicht auf die Lösung vertrauen, die einem ins Auge springt.

Draußen auf dem Gehsteig lachte er, über sich natürlich, den, wie David ihn beim Mittagessen genannt hatte, hervorragenden Professor, dem es nicht gelang, sich selbst eine Diagnose zu stellen. Doch er war nicht der Erste in dieser Situation. Er hatte einen gekannt, einen ebenfalls hervorragenden, weltweit geachteten Internisten, der alle seine Kollegen abklapperte, um sich von ihnen untersuchen zu lassen.

Danach beschuldigte er sie, sie hätten ihn belogen, und zog alles in Zweifel, sogar Röntgenaufnahmen und Laborbefunde.

Letzten Endes war er wirklich gestorben. Chabot wusste nicht, woran, weil er sich nicht dafür interessiert hatte. Aber es war eine der wahren Geschichten, die man sich auf Kongressen erzählte, und diejenigen, die am lautesten darüber lachten, waren nicht die zuversichtlichsten.

Er suchte den Autoschlüssel in seiner Tasche, denn er wusste nicht mehr, dass er ihn hatte stecken lassen, und weil er fürchtete, von Scheinwerfern geblendet zu werden, nahm er die Strecke, auf der er mit dem geringsten Verkehr rechnete. Man erwartete ihn am Boulevard de Courcelles, Monsieur und Madame Philippe Vanacker, denn so hießen sie ja nun einmal, sowie der überaus bedeutende Monsieur Lambert mit seiner neuen Frau.

Monsieur Lambert lag daran, ihn zu treffen, und so

hatte Philippe darauf bestanden, dass Christine ihn anrief.

Das war kein Grund, auf der Straße einen Unfall zu riskieren. Eigentlich sollten sie froh sein, dass er erst zum Kaffee kam. Man wollte ihn sehen, mit ihm reden, wahrscheinlich nur, um ihn zu bitten, den Sohn eines Freundes zu protegieren, der gerade Medizin studierte. Denn diese Leute stellten sich vor, ein Professor müsste nur ein Wort fallen lassen und schon bestünde der erstbeste Trottel seine Prüfungen. Und selbst wenn er es könnte? Würde denn umgekehrt er Lambert dazu bringen können, ihm eine Ladung gepanschten Wein abzukaufen?

Eigentlich zerbrach er sich grundlos den Kopf. Er war von falschen Voraussetzungen ausgegangen, denn er hatte sich einreden lassen, er sei im Unrecht, und dabei waren sie es.

So gesehen leuchtete ihm alles ein, machte ihm beinahe Spaß. Er war nicht dazu berufen, die Welt zu verändern, nicht einmal diesen dicken, blaurot angelaufenen Dummkopf, der ihn streng angeschaut hatte, als er seine zwei Cognac kippte.

Er brauchte nur seine Arbeit so gut zu machen, wie er konnte. Zwar war er kein treuer Ehemann, aber den müsste ihm erst einmal jemand zeigen, und Christine war es zufrieden, dass sie mit dieser Pute von Maud zu den Modefriseuren und in die Geschäfte am Faubourg Saint-Honoré rennen konnte.

Er hatte sich nicht genug um seine Kinder gekümmert? Wer verlangte denn von ihm erst teure Spielsachen, dann Kleider, Ferien in Saint-Tropez, Skilaufen in den Bergen und demnächst ein eigenes Auto? Und wer, wenn nicht sie, forderte denn vollkommene Freiheit?

Mochten sie doch treiben, was sie wollten. Das ging ihn nichts mehr an. Jean-Paul Caron würde sein Schwiegersohn werden. Éliane würde zum Theater oder zum Film gehen, und ihre Mutter würde sehr stolz sein, falls sie eines Tages zum Star avancierte. Was machte das schon aus, ob sie mit ihrem Lehrer schlief oder es auf die Schnelle unter Gott weiß welchen Umständen mit einem Kollegen trieb?

Und David, warum sollte er nicht seine Pläne schmieden, mit oder ohne Abitur? Philippe, dem man das Gefängnis geweissagt hatte, war schließlich ein reicher und angeblich glücklicher Mann geworden, der sich erlauben konnte, seinen Schwager, den Herrn Professor, zu sich zu bestellen.

Und der Herr Professor fuhr hin! Bitte sehr! Bitte gleich! Zu Ihren Diensten, meine Herren über Wein, Fernsehen und hübsche Mädchen!

Er musste auf die Radfahrer achten. Das war sein Albtraum. Wenn einem ein Auto entgegenkommt, ist der kleine rote Rückstrahler eines Fahrrades leicht zu übersehen. So war sein Unfall vor drei Jahren passiert. Damals hatte er nichts getrunken. Der Radfahrer, der war betrunken gewesen und im Zickzack gefahren, ohne Licht. Minutenlang hatte er ihn für tot gehalten, ein Mann um die fünfzig mit einem Schnurrbart wie sein Vater.

Mittlerweile hatte er den Tod eines jungen Mädchens auf dem Gewissen. Und nicht nur den des jungen Mädchens, sondern auch den Tod des Babys, das sie erwartet hatte.

Was wäre geschehen, wenn sie sich nicht ertränkt hätte, wenn es ihr gelungen wäre, zu ihm vorzudringen, mit ihm zu reden? Diese Frage hatte er sich noch gar nicht gestellt, aber Viviane, die musste daran gedacht haben.

Und wenn Christine statt Viviane die Entscheidung hätte treffen müssen? Wenn das junge Mädchen zum Beispiel so kühn gewesen wäre, in der Avenue Henri-Martin zu klingeln, wenn seine Frau sie empfangen und alles erfahren hätte?

Hätte sie wie seine Sekretärin gehandelt? Hätte sie ihren Mann auch beschützen wollen? Hätte sie versucht, ihn mit Geld aus der Affäre zu ziehen, oder hätte sie ihm mit Scheidung gedroht und verlangt, dass das Kind abgetrieben wird? Selbstverständlich im Namen ihrer gemeinsamen Kinder. Im Namen seines guten Rufs, seiner Karriere und auch im Namen der Klinik, die gewissermaßen das Hab und Gut ihrer Familie war.

Hatten diese Frauen nicht recht? Es war die andere, deren Name ihm nicht sofort einfiel ... Ach ja! ...

Emma … Es war Emma, die unrecht hatte oder, genauer gesagt, die das schließlich richtig erkannt hatte.

Das war es doch, was man von ihm erwartete? Begann er allmählich Vernunft anzunehmen? Wurde er, nachdem er die achtundvierzig überschritten hatte, endlich ein normaler Mann?

Wenn dem so war, dann stand ja alles zum Besten. Stets zu Ihren Diensten, meine Damen und Herren! Ich komme schon, ganz vernünftig, ganz und gar aus-ge-gli-chen. Und zur Belohnung servieren Sie mir zu meinem Kaffee ein großes Glas dieses erlesenen Weinbrands von 1843, den es fast nur noch bei Ihnen zu trinken gibt …

Er redete mit sich selbst, doch weiter kam er nicht mehr, weil er hinter seinem Lenkrad, in der Dunkelheit des Autos, weinte wie ein Blöder.

6

Der Abend am Boulevard de Courcelles
und die Frau, die auf der Straße schlief

Es musste mindestens halb elf, vielleicht sogar elf sein. Er hatte nicht auf die Uhr gesehen, denn er entsann sich nicht mehr, an welchem Knopf er drehen musste, um das Armaturenbrett zu beleuchten. Beim großen Wagen, den seine Frau üblicherweise fuhr, wusste er es noch. Für seinen Bedarf zog er jedoch den kleinen vor. Unterwegs hatte er einmal an einer Bar in der Avenue des Ternes angehalten, nachdem er in den Straßen vergebens nach einer öffentlichen Bedürfnisanstalt Ausschau gehalten hatte. Früher fand man alle hundert Meter eine. Jetzt nicht mehr. Im Übrigen hatte er während der Fahrt über zu viele Dinge nachgedacht, um sich die vordringlichste Frage zu stellen, und es war an der Zeit gewesen, dass er sie sich stellte: Sollte er zu Philippe gehen oder nicht?

Der Abend hatte, seit er in der Avenue Henri-Martin aufgebrochen war, immer mehr Gewicht bekommen, und ihm schien, als sei dies die Gelegenheit, endgültig Stellung zu beziehen.

Mit steifem Schritt, ein verschlagenes Lächeln auf den Lippen, stelzte er über den Gehsteig, klingelte und begrüßte den Diener, der ihm die Tür öffnete und zur Seite trat, um ihn vorbeizulassen. Chabot kannte ihn. Er hatte einen Kopf wie ein Jockey. Vielleicht war er ja ein ehemaliger Jockey. Beinahe hätte er zu ihm gesagt:

»Guten Abend, Pferd!«

Doch er verkniff sich den Scherz, und während er sich insgeheim trotzdem sein Teil dachte, murmelte er:

»Guten Abend, Joseph.«

Joseph war doch wohl richtig. Er irrte sich nicht im Namen. Immer noch kerzengerade, wie einer, der im Begriff ist, eine Bühne zu betreten, erklomm er die gelben Marmorstufen und schritt auf die Doppeltür zu, hinter der das Stimmengewirr einer Abendgesellschaft zu hören war.

Er stapfte drauflos und warf sich bereits in die Positur, die er für seinen Auftritt beschlossen hatte.

»Wenn Monsieur gestatten ...«

Joseph griff nach seinem Hut und half ihm aus dem Mantel. Das hatte Chabot ganz vergessen, als er an ihm vorbeigegangen war. Unzufrieden und verärgert sah er Joseph nun zu, wie er, ehe er sie irgendwo aufhängen konnte, Hut und Mantel einstweilen über einen Stuhl in der Eingangshalle legte, dann die Tür öffnete und mit einer Stimme, die im Trubel unterging, verkündete:

»Herr Professor Jean Chabot.«

Der Kontrast zu der Finsternis, aus der er kam, war so schroff, dass er sich wie ein von grellem Licht überraschter Uhu fühlte. Die Stimmen klangen schrill. Man hatte sich vermutlich, wie immer in diesem Haus, ziemlich lange beim Aperitif aufgehalten, lachte erregt und gestikulierte heftig und zugleich nichtssagend.

Im ersten Augenblick erkannte er unter den vielen Leuten, die in Gruppen teils saßen, teils standen, nur zwei oder drei Gesichter und nahm vor allem nackte Schultern wahr und Hände, die Gläser hielten.

Philippe stürzte auf ihn zu, und natürlich betrachtete er ihn ebenfalls einen Moment lang so, als ob Chabot plötzlich eine schiefe Nase hätte oder eine Augenbinde trüge. Sie hatten es anscheinend untereinander abgesprochen, ihn heute so anzusehen, und auch sein Schwager hatte nichts Besseres zu tun, als ihm eine Hand auf die Schulter zu legen und zu fragen:

»Wie geht's, alles in Ordnung?«

Voller Ironie antwortete er übertrieben munter:

»Mir geht's prächtig!«

Seinerzeit, im Quartier Latin, hatte Philippe ihn gesiezt, denn er war noch ein kleiner Junge gewesen, während Chabot schon ein Mann war. War es nicht sonderbar, dass er ihn an dem Tag zu duzen begonnen hatte, an dem er Maud heiratete, das heißt an dem Tag, an dem er, von einer Stunde zur anderen reich geworden, sich als ihm ebenbürtig betrachtete?

In Ärztekreisen, und besonders an der Medizinischen Fakultät, geizte man ziemlich mit Vertraulichkeiten, und Chabot hatte Philippes Art stets als Demütigung empfunden. In seinen Augen lag darin eine Anmaßung, die er nur aus Rücksicht auf seine Frau hinnahm, und das hatte er ihr auch angekreidet.

Er entdeckte Christine in einem Sessel, recht weit entfernt, und zwischen ihnen gingen dauernd Leute hin und her. Sie war im Gespräch mit einem Mann, von dem er nur das Profil sehen konnte und den sie mit entspannter Miene anlächelte.

»Wir haben uns schon gefragt, ob dir ein Notfall dazwischengekommen ist. Vor allem weil Christine bei dir angerufen hat und die Köchin ihr gesagt hat …«

Maud, in einem eng anliegenden Kleid, das gut die Hälfte ihrer kleinen birnenförmigen Brüste zur Schau stellte, kam ebenfalls, um ihm die Hand zu drücken, schaute ihn an und sagte hastig:

»Warte, ich hol dir was zu trinken …«

Sie duzte ihn auch. Allerdings duzte sie jeden.

Er schnappte mehrere Gespräche zugleich auf, Sätze, die sich überschnitten und eine seltsame Mischung ergaben. Manche, so schien ihm, unterhielten sich über Kino, andere über den Preis von Häusern und Grundstücken an der Côte d'Azur.

Philippe und seine Frau besaßen ein Haus am Cap d'Antibes. Für die Wochenenden hatten sie noch ein ehemaliges Herrenhaus mit Pferdeställen und ziemlich großem Park in der Gegend von Maisons-Laffitte.

»Komm mit, ich will dir ein paar unserer Freunde vorstellen …«

Maud kehrte mit einem Glas zurück, in dem ein Eiswürfel schwamm, und weil er nicht wusste, wo er es lassen sollte, trank er es leer und stellte es dann im Vorbeigehen auf einem kleinen Tisch ab. Philippe beobachtete ihn immer noch mit besorgter Miene, und Chabot hatte beinahe Lust, ihm zur Beruhigung zu versichern, dass er nach reiflicher Überlegung zu dem Entschluss gelangt sei, keinen Skandal zu verursachen.

Sie gingen auf ein Paar zu, das im Gespräch vertieft auf einem Sofa saß.

»Mein Schwager, Professor Jean Chabot ... Der Präfekt von Hérault, ein guter Freund meines Schwiegervaters, der nach Paris gekommen ist, um ein bisschen auszuspannen.«

Die beiden Männer reichten einander die Hand. Die junge Frau schlürfte gerade durch einen Strohhalm eine rosarote Flüssigkeit.

»Yvette brauche ich dir nicht vorzustellen. Im Kino siehst du zurzeit nur sie.«

Das stimmte nicht. Erstens ging er nur selten ins Kino, und zweitens erinnerte er sich nicht daran, sie jemals gesehen zu haben. Auch sie stellte ihren Busen zur Schau. Sie hatte schöne Brüste, die denen der Elsässerin ähnelten. Während sie ihm die Fingerspitzen hinhielt, sagte sie:

»Es ist immer nützlich, einen Geburtshelfer zu kennen. Falls ich Sie eines Tages brauche ...«

Inzwischen war er nicht mehr sehr weit von seiner Frau entfernt, und nun erkannte er den Mann, mit dem sie sich so selbstsicher und angeregt unterhielt. Es war der Schauspieler, bei dem seine Tochter Éliane Unterricht nahm. Er sah älter aus als in seinen Filmen, älter als Chabot. Er hatte einen Tick: Alle paar Sekunden schüttelte er den Kopf und schloss dabei die Augen, als ob ihn eine Fliege belästigte.

Éliane war weder im großen Salon noch in dem kleinen nebenan zu sehen, in dem Lambert und zwei Gäste in tiefen Sesseln saßen und ein ernstes Gespräch führten. Sie rauchten Zigarren und kümmerten sich nicht um die anderen Leute. Sie hätten ebenso gut in einem Büro tagen können. Allerdings herrschte in ihrem Umkreis auch, als habe jemand die Parole dazu ausgegeben, eine eigentümliche Ruhe und Stille.

Chabots Blick begegnete dem seiner Frau, und sie schien ihre plötzliche Vertrautheit mit dem Liebhaber ihrer Tochter nicht als peinlich zu empfinden.

Philippe fragte:

»Kennst du ihn?«

Er sagte nein. Der Schauspieler blieb sitzen.

»Mein Schwager, der hervorragende Professor Jean Chabot ... Unseren Freund hier, den kennt ...«

Ja natürlich, den kannte jeder! Sie waren alle so bedeutend. Wahrscheinlich sogar die beiden Schreckschrauben, die auf den Barhockern balancierten wie Hühner auf der Stange, die reinsten Wachspuppen. Sie waren nicht mehr die Jüngsten und hatten sich mit allem angemalt, was ihnen in die Hände gefallen war.

Ihre flachsfarbenen Haare à la Marie-Antoinette konnten nicht echt sein, es sei denn, der Friseur hatte einen grausamen Spaß mit ihnen getrieben.

Philippe murmelte:

»Die beiden stelle ich dir nicht vor, denn um diese Zeit kriegen sie nicht mehr mit, was man ihnen sagt. Du bist ihnen doch sicher schon in Cannes oder im Casino von Deauville über den Weg gelaufen ...«

»Nein.«

Wenn er in den Süden fuhr, stieg er nämlich nicht in Cannes ab, sondern suchte sich einen kleinen, ruhigen Hafen zwischen Marseille und Toulon. Außerdem hatte er, so lächerlich sich das hier auch anhören mochte, seinen Fuß noch nie ins Casino von Deauville gesetzt.

»Es sind Mutter und Tochter, und sie werden oft miteinander verwechselt. Jetzt sind sie stockbetrunken, aber das waren sie schon vor Tisch.«

Chabot hörte nicht hin. Das hatte nichts mit ihm zu tun. Man hatte ihn herbestellt, und er war gekommen. Man konnte wirklich nicht von ihm verlangen, dass er noch so tat, als sei er einer von ihnen.

»Sie sind angeblich Amerikanerinnen, und die Tochter hat, wenn ich mich recht erinnere, einen steinreichen Traktorenfabrikanten geheiratet, der sich das ganze Jahr in Detroit aufhält. Sie sprechen ebenso gut Französisch wie Englisch, mit einem starken osteuropäischen Akzent ...«

Das interessierte ihn nicht. Ihm machten sie eher

Angst, mit ihren Schultern, Handgelenken und Fingern, an denen Juwelen funkelten, und mit ihren Porzellanaugen, die geradeaus stierten, als ob sie nichts sähen.

»Sie sind eigentlich fast nie in den Vereinigten Staaten.«

Chabot hätte sich beinahe von einem Tablett, das in Reichweite an ihm vorbeigetragen wurde, ein Glas gegriffen, aber Philippes wegen wagte er es nicht.

»Comtesse de Manda ...«

Sie reichte ihm ihre dralle Hand und erklärte lächelnd:

»Wir kennen uns recht gut, der Professor und ich, nicht wahr, Professor?«

Es gab also wenigstens ein Kettenglied, das die beiden Welten miteinander verband. So wie sie sich hier zeigte, munter und strahlend, hatte er sie allerdings nie zu Gesicht bekommen. Für ihn war sie ein verängstigtes, bedauernswertes Geschöpf in einem Klinikbett. Dort hatte er stundenlang auf sie einreden und ihre Hand halten müssen, ehe er sie dazu bewegen konnte, sich operieren zu lassen.

Er wusste nicht, ob es einen Comte de Manda gab oder gegeben hatte. In der Avenue des Tilleuls hatte sie nur ein einziger Mann besucht, in aller Heimlichkeit und voller Angst, er könnte erkannt werden, denn er war ein hochrangiger Politiker, ein Parteichef, der zweimal Ministerpräsident und lange Zeit Senatspräsident gewesen war.

Er war alt und hässlich, hatte struppige Augenbrauen,

und aus den Nasenlöchern und Ohren wuchsen ihm dunkle Haarbüschel heraus.

Chabot interessierte sich nur für einen Gast, den man ihm nicht vorstellte und der sich keiner der Gruppen anschloss. Niemand kümmerte sich um ihn. Er war ebenfalls an die fünfzig Jahre alt, ähnlich wie Chabot gekleidet und trug das Ordensband der Ehrenlegion, was die Vermutung, er könnte ein Polizist sein, der den Schmuck der Damen bewachte, ausschloss.

Er sah ihn immer allein, bald in der einen Ecke, bald in einer anderen. Mehrmals waren sich ihre Blicke begegnet, und sie waren nahe daran gewesen, einander anzusprechen, als hätten sie gespürt, dass sie vom selben Schlag waren.

Wer war er? Aus welchem rätselhaften Grund hatte man ihn eingeladen und dann sich selbst überlassen? Aus Anstand gab er vor, mal hier, mal dort einem Gespräch zuzuhören oder die Schultern der Damen zu bewundern, dann zog er sich in eine entfernte Ecke zurück, zündete sich eine Zigarette an, und weil er nicht wusste, was er mit dem Streichholz machen sollte, schob er es schließlich wieder in die Schachtel.

»Jetzt, da du alle kennst ...«

Das stimmte nicht.

»Jetzt, da du alle kennst, bitte ich dich, mich zu entschuldigen. Mein Schwiegervater hat dich bereits entdeckt, und sobald er da drüben fertig ist, wird er sicher mit dir reden wollen ...«

Wahrscheinlich hatte man den Unbekannten mit dem Orden in gleicher Weise abgespeist. Er wartete wohl auch darauf, dass jemand Zeit fand, ihn um einen Gefallen zu bitten.

Philippe glitt zwanglos wie ein Conférencier von einer Gruppe zur anderen. Er strahlte unbekümmertes Selbstvertrauen aus. Ebenso gut hätte er den Leuten Papierhüte auf den Kopf setzen oder, um sie zum Lachen zu bringen, sich aus dem Publikum einen mit einem kahlen Schädel aussuchen und ihm auf die Glatze klopfen können.

Ein junger Mann, den Chabot nicht kannte, sprach ihn ungeniert an:

»Na, Professor?«

Er machte sich nicht die Mühe, »Monsieur« zu sagen, wie ein Ruet oder wie ein Weil, der erst kürzlich habilitiert hatte.

»Zufrieden, dass Ihre Tochter jetzt eine Rolle in einem Film kriegt?«

War das der Grund, warum man ihn hergebeten hatte und warum auch Élianes Lehrer da war? Stellte Lambert etwa das Geld zur Verfügung und legte Wert auf seine Zustimmung?

Er wäre am liebsten wieder gegangen. Ein Diener eilte in Chabots Reichweite mit einem Tablett vorüber, und er griff flugs nach einem Glas in derselben Farbe wie das vorherige. Es war Whisky. Der alte Weinbrand stand ihm wohl nicht zu.

Während er von weitem den Mann mit dem Orden beobachtete, dachte er an seine Mutter und an den Hass, den sie gegen die Reichen hegte. Als sich eine Hand auf seinen Arm legte, zuckte er zusammen, drehte sich um und erkannte seine Frau, deren Augen mehr als gewöhnlich glänzten. Alle bis auf ihn und den, den er gewissermaßen als seinen Doppelgänger ansah, waren in feuchtfröhlicher Stimmung.

»Alles in Ordnung?«, erkundigte sie sich.

Diese Frage und der unweigerlich dazugehörende Blick brachten ihn langsam zur Verzweiflung, und er hätte ihr gern geantwortet, dass nichts in Ordnung war, dass er eine Pistole in seiner Tasche hatte und dass er darauf brannte, sie zu benutzen.

Stattdessen sagte er, ohne jedoch seine Angriffslust völlig zu unterdrücken:

»Was sollte denn nicht in Ordnung sein?«

»Hast du dich ausruhen können?«

»Nein.«

Gewöhnlich sagte er ja, selbst wenn es nicht stimmte, denn seine Ruhe und seine Müdigkeit gingen niemanden etwas an.

»Hast du schon gehört, dass Éliane einen Film drehen wird?«

»Ein schlecht erzogener junger Mann hat es mir eben gesagt.«

»Bist du verärgert?«

»Durchaus nicht.«

»Du hast es nur deshalb nicht früher erfahren, weil erst heute Abend ...«

»Das ist mir egal.«

»Du bist schlecht gelaunt.«

Sie runzelte die Stirn und fügte misstrauisch hinzu:

»Hast du etwa getrunken?«

Allem Anschein zum Trotz, denn sie stand dicht genug neben ihm, um seinen Atem zu riechen, behauptete er:

»Nein.«

»Ich bitte dich, zeig nicht, wie dir zumute ist ... Wir sind hier bei meinem Bruder ... Für Élianes Karriere ist es wichtig ... Ich hätte nicht darauf bestehen sollen, dass du herkommst ... Kennst du Lamberts neue Frau schon?«

Woher sollte er sie kennen?

Christine winkte einer jungen Frau, die als Mauerblümchen herumstand und gehorsam näher kam.

»Mein Mann ... Lucette Lambert ... Lernt euch erst mal kennen.«

Sie entschwand, und er wusste nicht, was er sagen sollte. Madame Lambert auch nicht, denn sie fühlte sich noch unbehaglicher als er. Sie hätte eine von den armen Cousinen sein können, um die sich seine Mutter kümmerte, eine, die in der Vorstadt lebte und in einer Fabrik oder einem Warenhaus arbeitete. Sie sah aus, als sei sie über lange Zeit schlecht ernährt und verwahrlost gewesen. Nun hatte man sie, wie zur Verkleidung, in eine zu steife Robe aus Lamé gesteckt und mit Schmuck behängt, der an ihr unecht wirkte. Man hatte ihre Frisur verändert und ihr die Wimpern aufgebogen, als hätte man ihr ein neues Gesicht aufkleben wollen, durch das aber ihr wahres Gesicht in fast rührender Weise noch durchschimmerte.

Etwas unbeholfen fragte sie ihn:

»Sie kommen nicht oft hierher, nicht wahr? Ich habe Sie nämlich noch nie gesehen.«

Er schüttelte den Kopf, und während ihr Blick irgendwo im Raum nach einem Halt suchte, fuhr sie fort:

»Philippe ist ein netter Kerl und so unkompliziert! Seine Frau übrigens auch. Ich hatte Angst, sie würde mich nicht mögen und für einen Eindringling halten. Stattdessen …«

Er stellte sich die Elsässerin in ihrer Rolle vor, und dabei war ihm zum Heulen zumute. Man hatte ihn in eine Falle gelockt. Alles war nur ein Trick, lauter falsche Töne. Eine Posse mit allen möglichen Versatzstücken, um ihn hinters Licht zu führen. Die beiden angemalten Puppen konnten doch nicht echt sein, und der Mann mit dem Orden war bestimmt nur ein Statist.

Sicher hatte man auch die Kellner angewiesen, unablässig mit Tabletts voller Gläser an ihm vorbeizugehen, und jedes Mal hielten sie einen Moment inne, jedes Mal ein Augenblick der Versuchung.

Später, wenn er zu viel getrunken hatte, würde man ihm ein Bein stellen, irgendeine Möglichkeit finden, um ihn lächerlich zu machen, und dann würden alle ihre Masken fallen lassen und in schallendes Gelächter ausbrechen.

Der hervorragende Professor Jean Chabot von der Medizinischen Fakultät zu Paris, der den Salon beinahe in Hut und Mantel betreten hätte!

Gesichter kamen näher und entfernten sich wieder. Ein Kopf wurde riesengroß, mit Lippen, die sich lautlos bewegten, dann verkleinerte er sich nach und nach, um schließlich, lächerlich winzig, in einer entfernten Ecke des Salons zur Reglosigkeit zu erstarren.

Neue Leute waren gekommen, insbesondere zwei Frauen, die ihn betrachteten und sich fragten, wer er wohl sei. Daraufhin stießen sie sich mit den Ellbogen an, lachten und gingen wieder weg.

Er erkannte sogar seine Tochter Éliane, in Begleitung eines jungen Mannes mit einem zu kurzen Jackett und Haaren, die ihm ins Genick hingen. Sie winkte ihm von weitem zu, worauf er jedoch nicht das Bedürfnis empfand zurückzuwinken.

Der wichtige Mann, das war Lambert, im anderen Salon, eine Art Ungeheuer mit den Proportionen eines Gorillas. Hals, Schultern und Brustkorb waren so gewaltig, dass er, als er noch jünger war, ein Weinfass auf dem Nacken hatte tragen können.

Er war mit seinen beiden Kumpanen zu einem Ende gekommen, rief mit einer Handbewegung den Präfekten zu sich, der sogleich zu ihm eilte, informierte ihn

über die eben gefassten Beschlüsse, und alle beglück-
wünschten sich. Worum ging es eigentlich? Das war
unwichtig, solange ein jeder mit sich und den anderen
zufrieden war.

Man reichte Petits Fours sowie Häppchen mit Kaviar
und Lachs herum. Chabot hatte noch immer keinen
Hunger. Er war auch nicht betrunken. Er war sich völlig im Klaren über seinen Zustand und hätte wer weiß
was gewettet, dass ihn niemand überrumpeln konnte.

Da senkte sich eine schwere Hand auf seine Schulter.

»Also, jetzt zu uns beiden, mein lieber Professor ...«

Es war Lambert, der sich immerhin erhoben hatte, um
zu ihm zu kommen, und der, obwohl er nicht besonders
groß war, im Stehen noch eindrucksvoller wirkte, als
wenn er saß. Beim Gehen schwankte er wie ein Dock-
arbeiter oder wie ein Kraftprotz aus den Markthallen.

»Dieses kleine Fest macht Ihnen nicht gerade Spaß,
wie? Stellen Sie Ihr Glas irgendwohin und kommen Sie
mit mir in die Bibliothek, wo uns niemand stören wird.
Zuerst muss ich Sie aber noch meiner Frau vorstellen. Sie werden nachher verstehen, warum das wichtig
ist ...«

»Ich habe schon mit ihr gesprochen.«

»Gut! Sie wird Ihnen ja nicht viel zu sagen gehabt
haben, daran ist sie noch nicht gewöhnt ...«

Sie gingen durch den kleinen Salon mit der geschnitz-
ten Holztäfelung und betraten die Bibliothek, deren
Wände bis unter die Decke voll ledergebundener Bü-

155

cher waren, die in diesem Haus niemand gelesen haben
dürfte. Eine Terrakottaplastik zierte den Kamin.

»Schon gesehen? Ein echter Rodin, von dem es keinen Bronzeabguss gibt ...«

Der erlesene Weinbrand von 1843 stand auf dem
Tisch. Man hatte also daran gedacht. Jetzt wollte er allerdings nicht mehr.

»Machen Sie sich's bequem. Ich möchte mit Ihnen
von Mann zu Mann reden, und was ich Ihnen zu sagen
habe, das bleibt selbstverständlich unter uns ...«

Er setzte sich gleichfalls, suchte aus einer Dose eine
Pille heraus und goss sich ein halbes Glas Wasser ein.

»Nitroglyzerin ... Da kennen Sie sich besser aus als
ich. Dank dieses Medikaments habe ich immerhin seit
drei Jahren keinen einzigen schweren Anfall mehr gehabt ...«

Er deutete auf die Cognacflasche.

»Bedienen Sie sich! ... Sie haben also schon Gelegenheit gehabt, meine Frau zu sehen ... Ich frage Sie nicht,
was Sie von ihr halten ... In ein paar Monaten werden
Sie sie sowieso nicht mehr wiedererkennen ... Sie macht
sich allmählich, wie die anderen, eher zu schnell, denn
mir persönlich ist es für meine Zwecke lieber, wenn sie
natürlich sind ... Aber bei meinem Alter kann ich nicht
verlangen, dass sie hinter verschlossenen Türen leben ...
Sie verstehen?«

Lambert hatte einen wächsernen Teint, kränklich aus-
sehende rosa Lippen, und Chabot hätte ihm, auch wenn

das nicht in sein Fachgebiet fiel, keine zwei Jahre mehr gegeben. Vielleicht noch zwei Monate. Oder zwei Tage. Oder gar nur zwei Stunden. Trotz des Nitroglyzerins konnte er jeden Augenblick zusammenbrechen. Es war also ein schon halb toter Mann, der da redete, in der feierlichen Umgebung dieser Bibliothek, in die nur ein gedämpftes Echo der Abendgesellschaft herüberdrang.

»Also, morgen oder übermorgen, das hängt ganz von Ihnen ab, schicke ich Ihnen Lucette, und Sie werden sie untersuchen. Mir lag nur daran, Sie vorher zu treffen, weil ich ein paar Dinge im Voraus klarstellen möchte. Sie ist schwanger, daran besteht nicht der geringste Zweifel, das haben Sie ja bestimmt gemerkt.

Sie behauptet, im zweiten Monat. Aber mir kommt es jetzt darauf an zu erfahren, ob sie nicht in Wirklichkeit schon im dritten Monat ist. Keine Einwände! Ziehen Sie aus dem, was ich Ihnen sage, keine voreiligen Schlüsse.

Wenn dieser eine Monat in meinen Augen entscheidend ist, dann nicht wegen unseres Hochzeitsdatums, wie Sie vielleicht glauben könnten, denn ich bin nicht so naiv, die Katze im Sack zu kaufen, falls Sie verstehen, was ich meine …«

Er hatte kurze Beine und ungeheuer dicke Schenkel. Leicht nach vorn gebeugt, legte er Chabot eine Hand aufs Knie, als wollte er damit seinen Worten Nachdruck verleihen.

»Der springende Punkt ist, dass alles, was ich vor drei Monaten wochenlang mit ihr gemacht habe …«

Er fuhr fort und schilderte mit Worten, die so drastisch wie pornographische Fotos waren, seinem Gesprächspartner in allen Einzelheiten seine Liebesspiele, seine Neigungen, seine Möglichkeiten und Schwächen.

Chabot zog das Bein zurück. Sein Blick wich Lamberts bleichem Gesicht, seinem lüsternen Lächeln aus.

»Begreifen Sie jetzt? Im Übrigen trage ich das alles in ein kleines Notizbuch ein, Tag für Tag ...«

Er lachte und strich genüsslich über die Tasche, in der sich dieses Notizbuch wohl befand.

»Selbstverständlich schreibe ich keine Namen hinein, nur Initialen, und manche Wörter ersetze ich durch Zeichen. Es sind lustige dabei. Wenn man, später einmal, dieses Notizbuch findet ... Aber kommen wir zum Wesentlichen zurück ... Ich bin kein Arzt und meine, jeder Schuster soll bei seinem Leisten bleiben ... Ich lese nicht einmal die medizinischen Artikel in den Zeitungen ... Wenn ich mich irre, sagen Sie es mir ... Mir scheint jedoch, unter den geschilderten Umständen ist es medizinisch unmöglich, dass ich ihr in den bewussten drei Wochen ein Kind gemacht habe ...«

Chabot antwortete nicht, und aus Verlegenheit trank er einen Schluck Cognac, aus einem bauchigen Glas mit den Initialen seines Schwagers.

»Kurzum, Sie verstehen jetzt, warum es darauf ankommt, ob es zwei oder drei Monate sind ... Bei zwei Monaten ist das Kind von mir ... Bei drei Monaten nicht ...«

»Es ist nicht immer möglich …«, murmelte Chabot.

Nur dem armen Mädchen zuliebe machte er sich die Mühe, überhaupt zu antworten.

»Papperlapapp! Erzählen Sie mir das nicht, und bilden Sie sich ja nicht ein, Sie könnten mir nachher weismachen, meine Frau hätte einen Monat zu früh entbunden … Ich weiß, wie der Hase läuft! … Es ist ja nicht das erste Mal, dass ich ein Mädchen in diese Lage bringe, und wenn nötig, finde ich andere Ärzte, die mir die Wahrheit sagen …

Damit Sie beruhigt sind, es ist auf keinen Fall die Rede von einer Scheidung. Und ob es von mir ist oder nicht, ich bin mir sowieso noch nicht sicher, dieses Kind zu behalten …«

Sein Blick war hart geworden.

»Sie antworten nicht?«

Chabot sah ihm ins Gesicht, seine Lippen bebten.

»Sie sind doch nicht etwa betrunken?«

»Nein.«

»Man könnte es meinen. Seit einiger Zeit steht's ja nicht besonders gut um Sie.«

»Wer hat Ihnen das erzählt?«

»Spielt keine Rolle.«

Lambert erhob sich und stellte sich für einen Moment mit dem Rücken ans Kaminfeuer.

»Auf jeden Fall läuft das so, wie ich es beschlossen habe. Meine Frau wird morgen Ihre verehrte Sekretärin anrufen, denn sie vereinbart ja die Termine. Nach der Untersuchung treffen wir uns irgendwo, solche Dinge bespricht man schließlich besser nicht am Telefon ...«

Chabot war ebenfalls aufgestanden, und von dieser Bewegung wurde ihm schwindlig. Er hatte, ohne es zu merken, sein Glas in der Hand behalten und war nun versucht, es Lambert an den Kopf zu werfen.

Der zuckte die Schultern, und als ob er mit einem kleinen Kind spräche, brummte er:

»Morgen sehen Sie die Dinge mit anderen Augen.«

Selbstsicher balancierte er seine massige Gestalt aus dem Raum, ohne noch ein Wort zu sagen. Chabot spürte in seiner Tasche das Gewicht der Pistole. Auch hier hing über dem Kamin ein Spiegel, und er sah sich darin. Er war nahe daran, den Versuch, den er in seinem Arbeitszimmer gemacht hatte, zu wiederholen, sich die Waffe an die Schläfe zu setzen.

Eine Menge Zeugen hatte sich denen zugesellt, die im Lauf des Tages zusammengekommen waren. Er hatte fast nichts ohne Zuschauer getan, und man hätte meinen können, er habe sich bemüht, auf diese Weise eine lange Spur quer durch Paris zu legen. Was würde der Mann mit dem Orden aussagen? Und Lamberts junge Frau, die Einzige, die eine Weile in seiner Nähe geblieben war?

Lambert hatte die Tür angelehnt gelassen, doch nebenan war es so laut, dass man den Schuss vielleicht gar nicht hören würde. Musik spielte. Man tanzte.

Möglicherweise würde ihn ein Hausangestellter entdecken, wenn er hereinkam, um das Licht zu löschen.

Ihm wurde übel. Ihm drehte sich der Magen um, und er verließ eilends den Raum, nicht durch die Tür zum Salon, sondern durch die zur Eingangshalle. Die Toiletten waren besetzt. Er ging in den ersten Stock hinauf und schloss sich in Philippes Badezimmer ein.

Als er die Spülung zog, waren seine Augen rot gerändert. Er wusch sich das Gesicht mit kaltem Wasser. Es widerte ihn an, dass er das feuchte, nach Rasierwasser riechende Handtuch seines Schwagers benutzen musste.

Auf der Treppe begegnete er Maud, die gerade auf dem Weg nach oben war.

»Geht's dir nicht gut? Hast du Philippe gesehen?«

»Nein.«

»Sicher steckt er mit einer Frau irgendwo … Ich geh hinauf und mach mich wieder schön …«

Das war nicht mehr möglich. Er wusste zwar nicht so recht, wieso, aber er fühlte, dass es unmöglich war. Nichts hatte für ihn dieselbe Bedeutung wie für die anderen, und er fragte sich, wie er das so lange ausgehalten hatte.

Das Erschreckendste war, dass ihm der Verdacht kam, die anderen hätten recht. Auch seine Mutter. Er hatte es ja selbst so gewollt.

Er hatte sich hochgearbeitet, war jemand geworden, wie sie das nannte, und damit hätte er sich zufriedengeben sollen. Am Square du Croisic verdiente er genug Geld, um mit seiner Familie anständig leben zu können.

Hätte er sich nicht auf das Abenteuer mit der Klinik eingelassen, hätte er weiterhin Artikel an medizinische Zeitschriften schicken können und seine Abhandlung über Geburtshilfe zu Ende geschrieben, zu der seine Kollegen ihm schon vor so langer Zeit geraten hatten und die er kaum begonnen hatte.

Letzten Endes war er es, der ihnen etwas vorgemacht hatte. Allen. Jedem etwas anderes. Je nachdem, wo er sich gerade aufhielt, spielte er eine andere Rolle.

Der Professor im Port-Royal war nicht derselbe Mann wie der, der in der Avenue des Tilleuls seinen Patientinnen die Hand hielt. Er war auch nicht derselbe im Sprechzimmer, im Esszimmer, bei Viviane oder bei seiner Mutter.

Sodass er am Ende niemand mehr war. Das, wonach er seit diesem Morgen, seit Monaten, seit Jahren suchte, war er selbst. Das war die Wahrheit.

Er wollte weder seinen Schwager wiedersehen noch Lambert und die übrigen Gäste. Er wollte weg, suchte seinen Mantel und seinen Hut, fand sie aber nicht. Auch den Diener fand er nicht, der sie ihm mit spöttischer Miene abgenommen und sich vielleicht einen Spaß daraus gemacht hatte, sie zu verstecken.

Eine der Amerikanerinnen, Mutter oder Tochter, kam aus der Toilette. Er blieb stehen und betrachtete sie mit dem gleichen Blick, mit dem er einen Fisch im Aquarium betrachtet hätte.

Er begriff nicht, warum sie, als sie die Tür zum Salon aufstieß, sich umdrehte und ihm die Zunge herausstreckte. War sie vielleicht völlig betrunken? Hatte sie sich vielleicht auch übergeben?

Er musste unbedingt schnell hier weg. Es drängte ihn wieder auf die Straße hinaus, unter Passanten, zu den Gaslaternen, Autos und Autobussen.

Als er eine Tür aufmachte, entdeckte er in einem Zimmer, das er nicht kannte, eine Frau, die ihm den Rücken zukehrte und sich gerade ihre Strapse wieder zuhakte.

»Bist du das, Philippe?«, fragte sie, ohne sich umzudrehen.

Er antwortete nicht, versuchte auch nicht festzustellen, wer sie war, sondern stieg die gelbe Marmortreppe hinunter und machte schließlich die Garderobe ausfindig. In Nerzen und Überziehern wühlend, suchte er nach seinem Mantel, der ganz zuunterst hing. Am Ende fand er auch seinen Hut, es gelang ihm jedoch nicht, die mit Schmiedeeisen verstärkte Glastür zu öffnen.

Von Wut gepackt, weil er sich eingeschlossen fühlte, rüttelte er aus Leibeskräften an ihr. Endlich tauchte irgendein Diener auf, es war aber nicht Joseph.

»Monsieur gehen schon?«

Er warf ihm nur einen Blick zu, der furchterregend

gewesen sein musste, denn der Mann im weißen Jackett stürzte sofort herbei.

»Stets zu Diensten, Monsieur … Gute Nacht …«

Mehrere Autos parkten dicht hintereinander. Vor seinem stand ein großer amerikanischer Wagen, der so abgestellt worden war, dass Chabot nicht wegfahren konnte.

Da schaute er hasserfüllt auf das Haus, ballte die Fäuste, steckte sie in die Taschen und ging zu Fuß weg.

Er wusste nicht, wohin er sollte. Es zog ihn nirgendwohin. Anstatt nach rechts zur Place des Ternes und zum Étoile hatte er sich nach links gewandt, Richtung Place Clichy, und als er es merkte, hielt er es nicht für sinnvoll umzukehren.

Der widerwärtige Lambert hatte ihn gerade eben in dem einzigen Bereich getroffen, der ihm noch heilig war: in seiner Berufsehre.

»Denken Sie darüber nach! …«

Der Mann war sich im Voraus sicher, dass Chabot ihm nach reiflicher Überlegung den Untersuchungsbefund seiner Frau mitteilen und dann, falls man es ihm befahl, es auch auf sich nehmen würde, das Kind abzutreiben.

Noch war Lambert nicht Herr der Klinik, auch wenn er darauf bestanden hatte, als Buchhalter dort einen seiner Angestellten einzuschleusen, der wahrscheinlich den Auftrag hatte, ihm direkt Bericht zu erstatten.

Ein Paar ging schweigend Arm in Arm. Eine alte Frau saß am Boden, mit dem Rücken an der Wand, und schlief inmitten herumliegender Abfälle.

Das wäre für den Mann, der ihm seit Wochen quer durch Paris nachstellte, der richtige Augenblick gewesen, ihm zu begegnen. Chabot hätte ihm gern ein paar Fragen gestellt. Er wusste zwar nicht so recht, welche, aber er wusste, dass dies der einzige Mensch war, mit dem er sich irgendwie verbunden fühlte.

Ob er auch eine Pistole hatte? Ob sie ihn beim Gehen auch ein bisschen störte, so wie die seine ihn störte?

Er hatte das junge Mädchen nicht so gekannt wie Chabot. Er hatte sie nicht im diffusen Licht des kleinen Zimmers der Nachtwache gesehen. Er ahnte nicht einmal, dass sie so lächeln konnte, wie sie gelächelt hatte, dass sie so rührend wie ein Teddybär im Bett eines Kindes sein konnte.

Das einzige Glück, das er umsonst bekommen hatte ...

Auch das einzige echte Geschenk, das er je in seinem Leben erhalten hatte.

Was hätte er hinterher getan? Wäre er nicht versucht gewesen, dieselbe Entscheidung zu treffen wie Lambert?

Er hatte Angst vor dem, was er über sich herausfinden könnte und was weit zurückreichte, viel weiter als bis zu dem Zeitpunkt, seit dem die Leute fanden, er sehe schlecht aus. Gern hätte er die Möglichkeit gehabt, sich gründlich auszusprechen. Nicht mit irgendjemandem. Nicht mit seiner Mutter, die ihn verachtete. Auch nicht mit Leuten wie dem Kartenspieler mit dem blauroten Gesicht in der Kneipe von Versailles.

Er war nicht betrunken, das zeigte sich schon darin, dass er sich an Einzelheiten erinnerte, die ihm im Moment gar nicht aufgefallen waren, zum Beispiel an die Worte, die in weißen Buchstaben auf dem Spiegel über den Kartenspielern gestanden hatten:

Miesmuscheln auf Matrosenart –
Garniertes Sauerkraut

Das hätte der Titel eines Chansons sein können. Am seltsamsten war, dass er am Boulevard des Batignolles, wo die Häuser immer bescheidener wurden, je weiter man sich vom Boulevard de Courcelles entfernte, dieselben Worte an der Fensterscheibe einer Brasserie wiederfand, die noch geöffnet war.

Alles in allem hätte er das, was er zu sagen hatte, am liebsten dem Elsässer gesagt. Sie hätten einander verstanden. Jetzt war es dazu zu spät. Falls kein Wunder geschah, bestand nur wenig Aussicht, dass sie sich noch einmal begegneten.

Er musste einen Entschluss fassen, wie Emma den ihren gefasst hatte, nur mit dem Unterschied, dass es ihm widerstrebte zu sterben, bevor er sich Klarheit verschafft hatte. So viele Leute verlangten von ihm, für sie zu denken, und er hatte niemanden auf der Welt, von dem er diesen Dienst hätte fordern können!

Es stimmte nicht, dass er sich für stärker als die anderen gehalten hatte. Einige mochten das geglaubt haben, nur weil er Sinn für eine gewisse Würde besaß, die aber nicht mit seiner Person zusammenhing, sondern mit seinem Beruf. Das hatte niemand begriffen. Selbst hatte er stets seine Schwächen gekannt, und gerade weil er sie kannte, hatte er sich so große Anstrengungen aufgebürdet.

Sogar der Professorentitel ... Er legte keinen besonderen Wert darauf zu lehren. Vielleicht war es im Grunde nur Zeitverschwendung. Er hatte es gebraucht, um sich seines Werts zu versichern, und genau deshalb hatte er sich danach auch verbissen darangemacht, viel Geld zu verdienen. Weil er sich nicht unterkriegen lassen wollte von Leuten wie jenen, von denen er gerade kam und die nun doch über ihn triumphierten.

Wem sollte er solche Gedanken anvertrauen? Oder gar sein Bedürfnis, ständig jemanden bei sich zu haben! Diese Rolle ließ er Viviane spielen. Doch was erntete er damit? Ironisches Lächeln seiner Studenten, die sie im Hof der Entbindungsanstalt warten sahen ...

Mehrere Taxis waren leer vorübergefahren, er hatte sie nicht herangewinkt.

Die Wahrheit war ... Na schön! Er wartete jedes Mal mit einer neuen Wahrheit auf, aber das war kein Fehler, es bewies nur, dass er ehrlich suchte.

Die Wahrheit war letzten Endes, dass er genug hatte, dass er eine Katastrophe herbeisehnte, so wie manche Menschen einen Krieg herbeisehnen, der ihrer alltäglichen Langeweile ein Ende bereitet. Sich auf einen Schlag aller Sorgen entledigen, aller Bürden, die er sich auf die Schultern geladen hatte, seiner Schande wie seiner Gewissensbisse. Nicht mehr zur festgesetzten Zeit der unfehlbare Professor werden zu müssen, der alle retten konnte.

Er war nicht unfehlbar, und er durfte es ihnen nicht sagen. Zu spät. Es war immer zu spät gewesen, deshalb hatte er seine Rolle weitergespielt, wie aufgezogen, wie ein Automat. Bisher hatte es geklappt. Es hatte immer im richtigen Moment klick gemacht.

»Einatmen ... Ausatmen ... *Luft anhalten!*«

Dieses Wort, das ihm am Nachmittag nicht eingefallen war, als er versagt hatte und Madame Roches Verwirrung an ihren Augen abzulesen war.

»*Pressen! ...*«

Hatte er überhaupt noch das Recht, etwas zu tun, Verantwortung zu übernehmen, wenn er nicht sicher sein konnte, dass der Automatismus wieder funktionieren würde?

Sie hatten recht: Er war müde, so müde, dass er die Alte beneidete, die auf dem Gehsteig schlief. Auch er hätte sich gern mit dem Rücken an eine Hauswand gelehnt, um zu schlafen, um nicht mehr zu denken.

Er gelangte an einen großen Platz, sah Autos im

Kreisverkehr, Leuchtreklamen, Cafés, Bars und Leute, die wer weiß wohin gingen. Reglos blieb er stehen, konnte sich zu nichts entschließen und stierte auf eine Reihe freier Taxis, mit dem gleichen Blick, mit dem er bei Philippe die Amerikanerin mit dem Flachshaar, die aus der Toilette kam, angestiert hatte.

Ein geheimnisvolles Lächeln umspielte seine Lippen, denn er musste plötzlich an seinen Vater denken und war versucht, es ihm gleichzutun. Er brauchte nur zu winken, nur den Arm zu heben: Ein Wagen würde ihn nach Hause bringen, er würde sich einen Platz aussuchen, seine Ecke, den Sessel im kleinen Salon zum Beispiel, in dem er manchmal einen Mittagsschlaf hielt und den er dann eben ein für alle Mal mit Beschlag belegen würde …

Er malte sich die Bestürzung aus, das Hin und Her, die Telefongespräche, die Fragen, die Probleme, die das stellen würde, die Ärzte, die Psychiater, die man zu Hilfe rufen und die versuchen würden, das zu begreifen.

Damit könnte er auf einen Schlag, von einer Sekunde zur anderen, in dem Moment, den er bestimmte, den ganzen Mechanismus außer Betrieb setzen und sogar die Untersuchung der neuen Madame Lambert vermeiden.

Aus! Ende! Er lebte künftig allein, nur für sich, in innerem Frieden!

Welche der Frauen würde ihn pflegen, ihm wie einem

Invaliden oder einem Kind das Essen in den Mund schieben? Christine? Viviane? Mademoiselle Blanche, die in der ersten Zeit seine Geliebte gewesen war und ihm immer noch zärtliche Blicke zuwarf?

Wahrscheinlich keine. Man würde ihn sicher in ein komfortables und diskretes Heim einweisen. Er fragte sich, in welches.

Das wurde langsam gefährlich. Er durfte in dieser Nacht nicht länger allein bleiben.

Er ging zu weit, drohte zu straucheln, und an dem Punkt, an dem er angekommen war, wäre es ratsam gewesen, um Hilfe zu rufen. Das wäre nicht einmal demütigend gewesen, denn er hätte keine Erklärungen abgeben müssen.

Er betrat eine Bar, und hinter dem Rücken eines beleibten Gastes, der mit ausladenden Gebärden diskutierte, stützte er sich mit den Ellbogen auf die feuchte Theke.

»Einen Cognac ...«

Von sich aus fügte er hinzu:

»Einen großen ...«

Er fragte nicht erst wie in Versailles nach dem Telefon, sondern sagte:

»Einen Jeton!«

Dann schob er den Rücken, der ihn bedrängte, beiseite, begab sich in den hinteren Teil der Gaststube und verkroch sich in der Glaskabine.

Er kannte Vivianes Nummer auswendig, wählte sie

mit Bedacht, mit einem Zeigefinger, der nicht zitterte. Er hatte sich in der Gewalt. Er würde ihr irgendetwas erzählen, dass er am Montmartre war, dass er sie sehen wollte, dass sie ein Taxi nehmen sollte.

Er hörte es klingeln. Niemand meldete sich. Er drückte auf den Knopf. Der Jeton fiel in eine Art Schale, er steckte ihn noch einmal in den Schlitz und wählte erneut die Nummer, mit noch größerer Sorgfalt.

Es meldete sich noch immer niemand. Viviane war nicht zu Hause. Er erinnerte sich nicht daran, dass das in vier Jahren jemals vorgekommen wäre.

Er probierte es noch einmal, das letzte Mal, so schwor er sich, und dabei musterte er den Apparat so ähnlich, wie Madame Roche ihn während ihrer Entbindung gemustert hatte.

Ihm war sehr warm. Seine Stirn wurde feucht. Er mochte sich nicht eingestehen, dass er Angst hatte, und flüsterte wie ein Gebet, wie eine Beschwörung:

»Hallo ... Hallo ... Hallo ...«

Langsam legte er wieder auf, nahm den Jeton an sich, ohne sich dessen bewusst zu werden, ließ ihn in seine Tasche gleiten, ging durch das Lokal und steuerte dem Ausgang zu.

»He, Sie da ...«

Er merkte nicht, dass das ihm galt, hörte Lachen, spürte, dass ihn jemand, ein Unbekannter, der neben der Tür saß, am Ärmel zog, und fragte sich, was man denn von ihm wollte.

Der Mann zeigte auf die Bar, auf den Kellner.

»Sie haben vergessen zu zahlen …«

Wieder einmal brachen alle in Gelächter aus, und jeder von ihnen würde einen weiteren Zeugen abgeben.

7

Der ehemalige Kommilitone
in der Rue Caulaincourt und der Günstling
in der Rue de Siam

E r suchte nicht mehr nach einem Halt. Ihm konnte niemand mehr helfen. Als ob er es gar nicht sähe, stierte er auf ein Kino, dessen Leuchtreklame gerade erlosch und das ihm seine letzte Chance bieten sollte. Denn nach und nach ergab das Bild, das er anstarrte, einen Sinn, rief eine Erinnerung in ihm wach. Vor sehr langer Zeit, vor über zwanzig Jahren, war er mit Christine in diesem Kino gewesen. Er entsann sich noch des Films, der gelaufen war, und der Plätze, auf denen sie gesessen hatten.

Die Erinnerung wurde immer deutlicher. Er sah noch vor sich, welches Wetter war, als sie herauskamen, die Farbe des Himmels, denn es war Sommer gewesen, eine Nachmittagsvorstellung. Danach waren sie ins Chez Graff essen gegangen, eine Brasserie an der Place Blanche, neben dem Moulin Rouge. Wenn er sich ein bisschen angestrengt hätte, wäre ihm auch das Jahr, der Monat und vielleicht sogar noch der Tag eingefallen.

Das Kino lag an der Ecke der Rue Caulaincourt. Sehr viel später, in einer anderen Phase seines Lebens, war er hier mit seiner Tochter Éliane vorbeigekommen, als er sie zu einem ehemaligen Kommilitonen namens Barnacle brachte.

Schade, dass in diesem Augenblick niemand bei ihm war, der hätte bezeugen können, wie klar seine Sinne waren, wie rege sein Verstand arbeitete. Sein Gedächtnis funktionierte mit fotografischer Präzision.

Kennengelernt hatte er Barnacle zunächst an der Medizinischen Fakultät. Dann waren sie ein Jahr lang zusammen am Psychiatrischen Krankenhaus Sainte-Anne gewesen, wo sie dieselben Vorlesungen besuchten. Er war der hässlichste Student, der einen an einen Gnom denken ließ, etwa an einen der sieben Zwerge, denn er hatte einen viel zu großen Kopf, rotes, struppiges Haar und ein schlaffes, gummiartiges Gesicht. Wegen seiner dicken Brillengläser sah er aus, als habe er Kuhaugen, dabei waren sie gar nicht besonders groß, sie wirkten nur durch die Brille so riesig.

Er war ungepflegt, beinahe schmuddelig, kaute an den Fingernägeln und hatte dennoch ständig ein Mädchen in seiner Studentenbude, das ihm die Strümpfe stopfte, für einen Monat oder für sechs, denn er wechselte seine Freundinnen nach Lust und Laune.

Er hatte Chabot fasziniert. Sie lebten beide ein wenig als Außenseiter, und das hatte sie einander nähergebracht.

Inzwischen war Barnacle Assistenzarzt geworden, immer noch am Sainte-Anne, schließlich Klinikchef, und er wäre längst zum Professor ernannt worden, wenn er sich nicht stets geweigert hätte zu habilitieren.

»Mit meinem Gesicht würde ich die Studenten doch nur zum Lachen reizen.«

Barnacle wohnte etwa dreihundert Meter von der Stelle entfernt, an der Chabot nun ohne Ziel und seines Lebens überdrüssig am Straßenrand stand.

Er wohnte und empfing seine Patienten im obersten Stockwerk eines Hauses, dessen Fenster auf den Friedhof von Montmartre gingen. Chabot war mit Éliane dort gewesen, als seine Tochter etwa elf Jahre alt war und an Gedächtnisstörungen litt. Fast von einem Tag auf den anderen hatte sie jegliches Interesse an der Schule verloren.

»Sie sind Mediziner«, hatte die Direktorin gesagt. »Ich nicht. Es mag Ihnen anmaßend vorkommen, wenn ich Ihnen rate, sie zu einem Facharzt zu bringen. Ich habe aber ähnliche Fälle erlebt und bin überzeugt davon, dass sie behandelt werden muss.«

Er hatte sich für Barnacle entschieden, der zugleich Neurologe und Psychiater war. Sein ehemaliger Kommilitone hatte drei- oder viermal eine Stunde mit dem Kind verbracht. Dabei hatte er eine ziemlich komplizierte Geschichte aufgedeckt, in der es um eine ungerechte Lehrerin, unterschwellige Abneigung und um eine vom Unterbewusstsein gelenkte Verweigerung ging, die zu einer regelrechten Asthenie geführt hatte. Éliane wurde damals in eine andere Klasse versetzt, und zwei Wochen später war sie wieder ein ganz normales Kind.

Chabot war bei diesen Gesprächen nicht dabei gewesen, ahnte aber, welche Fragen Barnacle gestellt hatte. Bisweilen stellte er sich selbst Fragen dieser Art. Um sich Gewissheit zu verschaffen, hatte er Auszüge aus Büchern, die er einst studiert hatte, nachgelesen.

Er konnte, was ihn betraf, keine zufriedenstellenden Antworten finden, weil es in diesem Zweig der Medizin, von wenigen Extremfällen abgesehen, oft auf den Grad ankommt, auf ein bisschen mehr oder ein bisschen weniger, und weil die Grenze zwischen dem Normalen und dem Anormalen fließend ist.

Was hinderte ihn eigentlich daran, bei Barnacle zu klingeln, ihm seinen Fall zu schildern, ihn auf die Probe zu stellen, als Spielerei, nur um zu sehen, ob er etwa imstande war, eine Erklärung zu finden?

Jetzt oder nie! Er befand sich, wie sein Freund vielleicht sagen würde, mitten in einer Krise.

An die Hausnummer konnte er sich zwar nicht mehr erinnern, aber er erkannte das Gebäude wieder.

»Wenn noch Licht ist, klingle ich!«

So lag die Entscheidung nicht bei ihm, sondern beim Schicksal. Er hob den Kopf, sah nichts, ging auf die andere Straßenseite und entdeckte vom Gehsteig gegenüber im obersten Stock ein erleuchtetes Fenster. Obwohl er nicht sicher war, dass es sich um das richtige Fenster handelte, klingelte er, stammelte vor der Loge der Concierge den Namen Barnacle und betrat den engen Fahrstuhl, in dem er ein Streichholz anzünden musste, damit er den Knopf fand.

Auf dem Treppenabsatz hörte er Klaviermusik, Bach, eine der Goldberg-Variationen, und war unschlüssig, ob er wirklich weitergehen sollte. Plötzlich war er aufgeregt, wie ein richtiger Patient, im letzten Moment von Lampenfieber gepackt und versucht, wieder umzukehren.

Barnacle öffnete ihm die Tür, in einem zerknitterten Schlafanzug unter einem Hausmantel aus brauner Wolle. Seit ihrer letzten Begegnung waren ihm die Haare ausgegangen. Er hatte nur noch einen Haarkranz, weshalb er mehr denn je einem Zirkusclown glich. Obendrein war er dicker geworden.

Doch trotz seines lächerlichen, ja beinahe grotesken Aussehens passierte etwas Unglaubliches. Seit einiger Zeit, insbesondere seit diesem Morgen, hatten die Leute, selbst jene, die Chabot nicht kannten, Fremde im Wirtshaus von Versailles oder in der Bar an der Place Clichy, ihn erstaunt betrachtet, als verblüffte sie sein Gesichtsausdruck oder die Tatsache, dass er schlecht aussah, und die meisten hatten ihm irgendwelche Fragen gestellt.

Barnacle, der eben noch eine amerikanische Fachzeitschrift gelesen und Bach gehört hatte, empfing ihn, als sei es nicht Mitternacht und als besuche ihn sein ehemaliger Kommilitone regelmäßig.

»Komm rein! Kümmere dich nicht um die Unordnung.«

Er rauchte eine alte Pfeife, die bei jedem Zug ein nicht gerade appetitliches Gluckern von sich gab, und ging zu seiner Hi-Fi-Anlage, die er selbst installiert hatte und die in einem Gewirr von Kabeln, Widerständen und Sicherungen zwei Tische einnahm. Von den drei Lautsprechern hing einer an der Wand, über einem Gemälde, das Kühe auf einer Weide darstellte.

Bücher und Zeitschriften stapelten sich sogar auf dem Fußboden, und auf einem Stuhl stand ein Tablett mit einer Bierflasche und einem Glas, beides leer.

»Setz dich.«

Die Tür zu einem angrenzenden, unbeleuchteten Zimmer war nur angelehnt, und Chabot meinte zu hören, dass sich jemand in einem Bett umdrehte und schon halb im Schlaf seufzte. Er hatte sich wohl nicht getäuscht, denn Barnacle ging hin und schloss die Tür.

»Magst du ein Bier?«

Hätte ihm sein Freund etwas zu trinken angeboten, wenn er sichtlich betrunken gewesen wäre?

»Nein, danke.«

Er bedauerte nicht, dass er hergekommen war. Allerdings empfand er wie so viele Kranke in Gegenwart des Arztes seine Angst nicht mehr und fragte sich, warum er hier war und was er sagen sollte.

Barnacle hielt ihm einen Tabakbeutel hin.

»Ach, du rauchst ja nicht Pfeife. Hast du Zigaretten?«

Er suchte in dem heillosen Durcheinander welche, dabei wirkte er immer noch ganz natürlich.

»Ich weiß nicht, ob es dir so geht wie mir. Aber bei dem Leben, das unsereiner zu führen hat, komme ich nur nachts dazu, die Zeitschriften zu lesen, mit denen ich mich auf dem Laufenden halte.«

Dennoch beobachtete er ihn genau, mit verstohlenen Blicken, und Chabot, der es merkte, bewunderte als Fachmann die Art und Weise, in der er es tat.

»Ich habe gezögert, bei dir zu klingeln. Du wirst es mir vielleicht nicht glauben: Ich bin ganz plötzlich auf die Idee verfallen, vor nicht einmal einer Viertelstunde, als ich gerade an der Place Clichy stand.«

Er mochte sich noch so sehr anstrengen, er benahm sich doch wie ein gewöhnlicher Patient und empfand das Bedürfnis zu lächeln, um zu beweisen, dass er überhaupt nicht unsicher war.

»Ich wollte dich vor allem etwas fragen, wegen einer Sache, die mir heute Nachmittag passiert ist und mir zu schaffen macht.«

Er war zufrieden, dass er so locker war, dass er so ruhig sprach, dass ihm die Sätze so leicht über die Lippen kamen und er die richtigen Worte fand.

»Ich habe eine Patientin ohne Betäubung entbunden. Nach der Methode, die im Volksmund angstfreie Geburt genannt wird, manche sagen auch schmerzfrei dazu. Du kennst ja die Anwendung der alten Theorie von den konditionierten Reflexen, und du weißt daher auch, dass der Arzt dabei die Mitarbeit der Patientin auslöst, indem er genau zum richtigen Zeitpunkt bestimmte Stichwörter sagt.

Seit Jahren entbinde ich auf diese Weise dreißig bis vierzig Prozent meiner Patientinnen.

Und heute, genau im heikelsten Moment, da hakte bei mir sozusagen auf einmal etwas aus. Ich wusste zwar, wo ich war und was ich zu tun hatte, aber mir fiel einfach das richtige Wort nicht ein ...«

»Ist dir das vorher nie passiert?«

»Noch nie.«

»Unter anderen Umständen auch nicht, ich meine auf der Straße, bei Tisch oder in einer Versammlung? Hast du nie das Gefühl gehabt, irgendwo zu sein, ohne wirklich dort zu sein, dich in einer irrealen Welt zu bewegen?«

»Oft genug, vor allem in den letzten Jahren.«

»Neurovegetative Störungen hast du aber nicht? Etwas am Magen? Im Darm?«

»Hin und wieder Magenschmerzen. Das Röntgenbild zeigt aber kein Geschwür.«

»Lässt du dich oft untersuchen?«

»Ich weiß schon, was du meinst. Ja. Trotzdem bin ich kein Hypochonder.«

»Wie sieht's mit deinem Blutdruck aus?«

»Der ist niedrig. Ungefähr hundertzehn zu siebzig. Manchmal ist er schon bis auf hundert abgesunken.«

»Und früher?«

»Zwischen hundertdreißig und hundertvierzig.«

»Macht es dir etwas aus, wenn ich ihn messe? Gehen wir nach nebenan, einverstanden?«

In seinem Sprechzimmer herrschte die gleiche Unordnung wie im Salon. Das Leder der Sessel und der Couch war genauso abgewetzt wie das des Voltaire-Sessels in Versailles. Dennoch war die Atmosphäre angenehm, beruhigend. Man hatte den Eindruck, die Dinge schon einmal gesehen zu haben, sie kamen einem vertraut vor, und man fühlte sich unwillkürlich wie zu Hause.

»Soll ich mich hinlegen?«

»Das ist nicht nötig. Zieh dein Jackett aus und setz dich.«

Barnacle war weder gekünstelt noch jovial. Er tat das alles, wie er irgendetwas Banales, Alltägliches getan hätte.

»Wann hast du zu Abend gegessen?«

»Gegessen hab ich gar nicht. Dafür musste ich fast zwangsläufig das eine oder andere trinken.«

»Trinkst du für gewöhnlich viel?«

»Nein.«

»Nimmst du Medikamente? Barbiturate?«

»Wenn ich nicht einschlafen kann.«

»Auf wie viele Stunden Schlaf kommst du in der Nacht?«

»Das hängt davon ab, wann meine Patientinnen es sich einfallen lassen zu entbinden. Manchmal drei Stunden, manchmal fünf oder sechs, selten mehr. Wenn ich kann, lege ich mich untertags eine Weile hin, zu Hause oder in der Klinik.«

»Fühlst du dich erschöpft?«

Er wagte nicht zu antworten, dass er so manches Mal vor Erschöpfung weinen könnte, dass er, allein in seinem Arbeitszimmer oder in seinem Bett, tatsächlich schon geweint hatte, echte Tränen. Letzten Endes sagte er nichts von dem, was er sich vorgenommen hatte, denn es schien ihm auf einmal wie weggeblasen.

»Kein Wunder, dass du dich schlapp fühlst. Dein Blutdruck ist auf neunzig gesunken. Soll ich, wenn ich schon dabei bin, deine Reflexe überprüfen? Brems mich aber, wenn ich dir lästig falle. Weißt du, ich bin wie ein alter Zirkusgaul. Man hat mir eine Routine beigebracht, und die spule ich ganz unwillkürlich ab. Zieh deine Strümpfe aus. Gib mir deinen linken Fuß.«

Er zog ein Taschenmesser heraus und, ohne es aufzuklappen, strich er ihm damit über die Fußsohle.

»Spürst du etwas? Und jetzt?«

Dann klopfte er ihm mit einem kleinen Hammer unter die Kniescheibe.

»Wie lange ist dein Augenhintergrund nicht mehr untersucht worden?«

»Ein paar Monate.«

Chabot schlüpfte wieder in seine Strümpfe und Schuhe, nahm auf einem Hocker Platz, und sein Freund setzte sich einen Reflektor mit einer kleinen elektrischen Glühbirne auf die Stirn.

»Schau auf meinen Finger ... Folg ihm ... Du erinnerst dich ja sicher noch an diese Spielchen ... Heute hat man zwar perfekt ausgefeilte Apparate, aber die bringen auch nicht mehr und sind nur teurer ... Schau zur Decke ... auf den Fußboden ... noch einmal zur Decke ... Fußboden ... zum Kamin ... zur Tür ... zum Kamin ... Das reicht!«

Er nahm den Reflektor wieder ab.

»Urinanalysen hast du ja wohl machen lassen? Kein Zucker, kein Eiweiß? Die Harnstoffwerte sind auch einigermaßen normal?«

Chabot zog sein Jackett wieder an, und sie setzten sich, jeder an eine Seite des Schreibtisches.

»Die Grippe hast du nicht gehabt, auch keine Virusinfektion? Entschuldige, dass ich frage, sicher hast du selbst schon an all das gedacht.«

Er zündete seine Pfeife wieder an und wartete kurz.

»Übrigens, wie geht es der Kleinen, die du mir einmal hergebracht hast?«

»Ich habe heute Abend gehört, dass sie ein Filmstar werden soll.«

»Wenn ich mich recht erinnere, hast du noch eine zweite Tochter?«

»Und einen Sohn, der sechzehneinhalb ist und sein Abi sausen lassen will.«

Chabot witterte die Falle, war aber entschlossen, sich nicht hineinlocken zu lassen. Sein Geist war hellwach, und das freute ihn.

»Deiner Frau geht es gut?«

»Sie wird immer jünger.«

»Die Klinik läuft nach Wunsch?«

»Eher zu gut.«

Er war bereit, notfalls zu schwindeln.

»Ich verstehe, dass dich der Vorfall von heute Nachmittag beunruhigt hat. Meiner Meinung nach besteht wenig Gefahr, dass er sich wiederholen wird, es sei denn, du lässt dich davon beeindrucken. Wie lange hast du keinen Urlaub mehr gemacht?«

»Eineinhalb Jahre.«

»Lange Ferien?«

»Eine Woche.«

»Mit der Familie?«

Er zögerte, dann antwortete er nur allgemein:

»Normalerweise geht jeder seiner eigenen Wege.«

»Das ist besser für dich. Aber eine Woche reicht nicht. – Gibt es sonst noch etwas, was dich beunruhigt?«

Er schüttelte den Kopf. Sie kamen auf keinen grünen Zweig, seinetwegen, weil er sich absolut nicht darauf einlassen wollte. Es wurde beinahe ein Spiel.

»Willst du wirklich kein Bier? Hast du was dagegen, wenn ich eins trinke?«

Er holte sich eine Flasche aus dem Kühlschrank in der Küche, und Chabot hörte, dass er die Gelegenheit nutzte, leise mit jemandem zu reden, wahrscheinlich mit der Frau, die bei seinem Eintreffen in dem Zimmer neben dem Salon im Bett lag.

Barnacle trug keinen Ehering. Er lebte immer noch als Bohemien, wie im Quartier Latin, und wahrscheinlich wechselte er auch seine Partnerinnen immer noch nach Lust und Laune.

Als er zurückkam, sagte er:

»Wenn du ein gewöhnlicher Patient wärst, würde ich dir vielleicht routinemäßig zu einem Elektroenzephalogramm raten. Dazu müsste ich dich aber auf meine Station kommen lassen, weil ich hier keinen Apparat habe und eine Assistentin dazu brauche. Epileptisch veranlagt bist du auch nicht, denn das wüsstest du. Was eine mögliche Schädigung des Gehirns betrifft ...«

Er winkte ab und setzte sich wieder, mit seinem Glas in der Hand.

»Ich könnte dich auch verschiedene Tests machen lassen ... Erinnerst du dich noch an den von Catell, den wir in einem fort immer und immer wieder mit Schwachsinnigen machen mussten? ... Kommt für dich natürlich nicht infrage ... Ich kann mir auch nicht vorstellen, dass du dich mit den kleinen Spielchen des Rorschachtests abgibst ... Dieses Zeug kommt einem idiotisch vor ... Man wendet es an, ohne allzu viel davon zu halten, weil es eben in allen Büchern steht ... Von Zeit zu Zeit bringt es einen trotzdem auf eine unerwartete Spur ... Du scheinst mir auch nicht ein Typ zu sein, der auf den Miratest anspricht ... Erinnerst du dich noch an den? Nein? ...

Wir sähen dabei alle beide ziemlich dämlich aus ...

Ich würde dich bitten, auf einem Blatt Papier Linien zu ziehen, von vorn nach hinten, von hinten nach vorn, von links nach rechts, dann umgekehrt, zuerst mit offenen Augen, danach mit geschlossenen Augen ...

Ein Vergleich der Striche ergibt einen Hinweis auf selbstzerstörerische Neigungen des Patienten, und man kann den Grad seiner Aggressivität ablesen ...

Bist du eigentlich aggressiv?«

Er lachte und trank dabei sein Bier.

»Weißt du, das Unangenehme an Leuten wie dir ist, dass ihr zu viel davon versteht und dass das alle Tests verfälscht. Wenn ich dich etwas frage, weißt du sofort, welchen Schluss ich daraus ziehen kann. Stimmt's?«

»Ja, natürlich.«

»Also antwortest du so, dass ich zu dem Schluss komme, den du selbst gezogen hast. Du hast da in deinem Beruf mehr Glück. Selbst wenn die Frauen dir etwas vormachen wollen, kannst du dich auf konkrete Anzeichen verlassen.«

»In manchen Fällen gelingt es ihnen schon, mich zu täuschen.«

»Aber nicht lange. Ich schwanke zwischen zwei Möglichkeiten, die ich dir raten könnte, hin und her und weiß im Voraus, dass du dich weder für die eine noch für die andere entscheiden wirst.«

»Sag's trotzdem.«

Chabot war von diesem Augenblick an sicher, dass sein Freund ihn nicht durchschaut hatte. Er glaubte, einen banalen Fall vor sich zu haben, den man im Lauf der Zeit behandeln könnte. Er war nicht im mindesten auf die Idee gekommen, dass es in Wirklichkeit eine Frage von Stunden war.

»Die erste Möglichkeit wäre, dass du morgen früh in einen Zug oder in ein Flugzeug steigst, am besten mit einer hübschen Frau, und für ein paar Wochen irgendwo hinfährst, nach Venedig, nach Neapel, nach Spanien oder nach China. Je nachdem, welches Klima du vorziehst. Du gibst niemandem deine Adresse und sorgst dafür, dass man dich in Ruhe lässt. Es versteht sich von selbst, dass du das nicht tun wirst. Daran bin ich gewöhnt. Ich habe noch keinen erlebt, der zugegeben hätte, dass man ohne ihn auskommen könnte, dass er nicht unentbehrlich sei und dass seine Abreise nicht die schrecklichsten Katastrophen auslösen würde. Das ist doch auch bei dir der Fall?«

»So ungefähr.«

»Damit wäre ich bei der zweiten Möglichkeit. Du kommst morgen früh auf meine Station, und wir machen uns an die Analysen, Röntgenaufnahmen, Tests und den ganzen Krempel. Falls du danach noch nicht ganz beruhigt bist, kommst du zwei- oder dreimal in der Woche hierher und plauderst mit mir, unter vier Augen, wie deine Tochter damals. Aber für diese Methode hast du ja wohl auch keine Zeit, oder?«

Barnacles Stimme klang nun etwas verändert, auch sein Blick hinter der dicken Brille war nicht mehr derselbe. Obwohl er sich nach wie vor den Anschein gab, nur neugierig, treuherzig und ein bisschen skeptisch zu sein, lag in seinem Verhalten jetzt doch etwas Drängendes und zugleich das stillschweigende Versprechen, Verständnis aufzubringen.

»Du brauchst dich ja nicht heute Abend zu entscheiden ... Dass du dringend Erholung nötig hast, ist nicht zu übersehen, aber damit sage ich dir nichts Neues ... Ob das ein Grund zur Besorgnis ist, steht auf einem anderen Blatt ... Im Moment neige ich zu der Annahme, dass dazu kein Anlass besteht, um das allerdings entschiedener behaupten zu können, wäre es mir lieber, wenn ich ein bisschen mehr wüsste ...«

Hätte er auch so gesprochen, wenn er gewusst hätte, dass Chabot eine Pistole bei sich trug? Hätte er ihn dann weggehen lassen? Denn er ließ ihn weggehen. Er versuchte nicht, ihn zurückzuhalten. Vielleicht hätte er ihm gern noch weitere Fragen gestellt. Einem Kollegen und Freund gegenüber gestattete er sich jedoch nicht, darauf zu beharren.

Als Chabot aufstand, fragte er ihn:

»Bist du mit dem Wagen da?«

»Nein.«

»Ich ruf dir ein Taxi.«

»Ich werde auf der Straße unten schon eins finden.«

»Um diese Zeit ist das nicht sicher.«

Vorsichtshalber rief er an, und das war ein Zeichen dafür, dass er doch nicht so unbesorgt war.

»Hier wirst du ja vermutlich nicht schlafen wollen, oder?«, fragte er und zeigte auf die Couch für seine Patienten.

Das war »heiß«, wie die Kinder sagen, wenn sie beim Spielen nach einem versteckten Gegenstand suchen. Noch ein paar Fragen, ein paar Antworten, selbst vorsichtige, und er würde ihn nicht mehr weggehen lassen.

Chabot fühlte sich noch dazu imstande, ihn zu überlisten; er zündete sich eine Zigarette an, ganz natürlich und locker, und während sein Freund darauf wartete, dass sich am Telefon jemand meldete, fragte er ihn:

»Noch immer nicht verheiratet?«

»Niemals!«

»Du hast dich nicht verändert.«

»Bis auf das …«

Dabei strich er sich mit der Hand über den Schädel voll bräunlicher Flecken.

»Und das …«

Er klopfte auf den Bauch, den er angesetzt hatte.

»Hallo! Schicken Sie bitte einen Wagen in die Rue Caulaincourt Ecke Rue de Maistre! … Einen Moment … Fährst du direkt nach Hause? Wohnst du immer noch in Auteuil? …«

Chabot log, sagte ja und empfand diebische Freude daran, seinen ehemaligen Kommilitonen hinters Licht zu führen. Im Grunde erwies sich die Idee dieses Besuchs als gewissermaßen genial, denn damit hatte er unversehens einen Schlusspunkt unter die Serie der

Zeugenaussagen gesetzt. Und welche Zeugenaussage könnte sensationeller sein als die eines Psychiaters? Er lachte in sich hinein.

»Was amüsiert dich so?«

»Ach nichts ... Mir ist nur etwas eingefallen ...«

Er befürchtete, dass er zu weit gegangen sei, denn Barnacle runzelte die Stirn. Um seine Heiterkeit, die deutlicher zu sehen war, als er gedacht hatte, besser zu begründen, erklärte er:

»Ich habe an zwei Frauen gedacht, die ich vorhin bei meinem Schwager getroffen habe, zwei Amerikanerinnen, Mutter und Tochter ... Eine zu lange Geschichte, um sie dir zu erzählen, und ich glaube, du wirst nebenan erwartet ...«

Er wollte möglichst schnell von hier fort, weil er nicht mehr so sicher war, dass er sich nicht doch noch verraten würde. Es reizte ihn beinahe unwiderstehlich, Barnacle zu provozieren, ihm zu viel und doch nicht genug zu sagen, sodass er am Ende nicht mehr wusste, woran er war. Er war dazu imstande, wenngleich bei einem Mann wie seinem Freund ein Wort zu viel schon reichte, vielleicht auch nur ein Blick. Deshalb vermied er es, ihn anzusehen.

»Kann schon sein, dass ich in den nächsten Tagen mal, wenn es meine Patientinnen mit dem Entbinden nicht zu eilig haben ...«

»Du triffst mich jeden Nachmittag und fast jeden Abend hier an.«

Die Tür war offen. Eine Hand tastete nach dem Lichtschalter. Noch hatte er die Möglichkeit zu reden.

Danach nicht mehr. Dann würde er sich selbst ausgeliefert sein. Es würde niemanden mehr geben, der ihm helfen könnte. Er wurde sich dessen bewusst und hatte Mitleid mit sich.

Der Fahrstuhl kam, aber er brauchte ihn nicht zu besteigen, auch nicht das Taxi vor der Tür.

»Versuch trotzdem, dich auszuruhen. Es ist wahrscheinlich nicht schlimm, aber vielleicht ist es ein Signal ...«

Wie eine rote Ampel! Ein Stoppschild! Danach kommt nichts mehr! Ein Loch.

»Danke, mein Lieber ...«

Barnacle, der zum Schluss noch einen heiteren Ton anschlagen wollte, sah auf sein Glas und murmelte scherzhaft:

»Ich kann nicht sagen: Auf baldige Revanche!«

Sein Blick war traurig. Er blieb auf dem Treppenabsatz stehen und wartete, bis der Aufzug unten angekommen und die Haustür ins Schloss gefallen war, damit er das Licht noch einmal einschalten konnte, falls es zu früh ausginge.

Auf der Straße wusste Chabot nicht, was er dem Taxifahrer sagen, welche Adresse er angeben sollte. Er wollte nirgendwohin. Schließlich rief er ihm auf gut Glück zu:

»Rue de Siam ...«

So weit musste er ja nicht fahren. Vielleicht würde er unterwegs aussteigen. Bei Barnacle hatte er den letzten Rest an Energie verloren. Seine Unbekümmertheit, sein Scharfsinn, den er da oben noch gehabt hatte, waren dahin. Er dachte nicht einmal mehr nach, während er doch noch eine Stunde zuvor, vor dem Kino, imstande gewesen war, sich deutlich an Dinge zu erinnern, die über zwanzig Jahre zurücklagen.

Seine Hand tastete in der Tasche nach der Pistole, und das war das einzige Vergnügen, das ihm noch geblieben war.

Nichtsdestoweniger erkannte er den Boulevard de Courcelles, das noch erleuchtete Haus seines Schwagers und seinen Wagen, der jetzt am Anfang der Reihe stand. Er klopfte an die Scheibe. Der Fahrer schob sie auf.

»Setzen Sie mich hier ab.«

»Ich dachte, ich soll Sie nach Auteuil fahren.«

Er war nicht begeistert. Chabot hatte sich geirrt. Nach Barnacle würde es noch einen Zeugen geben, einen, der nun nicht gut auf ihn zu sprechen war. Beinahe hätte Chabot ihm all sein Geld gegeben, das er in der Tasche hatte, weil er sich sagte, dass er es nicht mehr brauchen würde, doch er besann sich darauf, dass er ja Lust bekommen könnte, ein letztes Glas zu trinken.

Wieder am Steuer seines Autos, fuhr er nun noch vorsichtiger als auf dem Rückweg von Versailles, und ihm schien es, als wären seit seiner Wallfahrt zur Stätte seiner Kindheit bereits mehrere Wochen vergangen.

Hatte Barnacle nicht von einem Test gesprochen, mit dem man die Aggressivität messen konnte? Vom Miratest? ... Er hätte gern erfahren, was dieser Test in seinem Fall ergeben hätte, in einem Augenblick, in dem er die ganze Welt hasste und auch Barnacle zu hassen begann.

Dieser war glücklich, mit sich zufrieden, trotz seiner Hässlichkeit, seiner Kahlköpfigkeit, seines dicken Bauchs und seiner gelben, schiefen Zähne, die er nicht einmal richtig pflegte. Er machte sich das Leben nicht schwer und hielt nach seinen eigenen Worten wie ein Zirkusgaul an seiner Routine fest.

Doch das stimmte nicht. Er tat nur so. Chabot hatte auch so getan, aber er brachte immerhin den Mut auf, der Wahrheit ins Auge zu blicken und dementsprechend zu handeln.

Es würde bald vorüber sein. Er konnte ruhig ein bisschen Zeit vertrödeln. Er hielt das Auto an der Place des Ternes an, vor den erleuchteten Fenstern einer Gaststätte. Draußen schauten ihn zwei Mädchen eindringlich an. Die eine trug ein viel zu dünnes Kostüm und war schon blau gefroren.

Drinnen saßen noch mehrere Mädchen, etwas gehobenere, vermutete er. Die Schmächtigste war genauso geschminkt wie Éliane.

»Einen Cognac ...«

Er vergaß zu sagen: einen großen. Aber das war unerheblich. Er konnte zwei, vier, fünf trinken, ja die ganze Flasche, wenn ihm der Sinn danach stand.

Nichts zwang ihn mehr zu etwas. Für ihn gab es auch keine Hürden, keine Verbote mehr. Zum ersten Mal in seinem Leben war er frei.

Im Grunde war ihm doch ein bisschen traurig zumute, weil er nun sterben würde, und er begann zu überlegen, wie er es denn anstellen sollte. Das war wichtig, nicht so sehr die Tat an sich, sondern das, was sich danach abspielen würde.

Es widerstrebte ihm, von der Polizei oder von einem Rettungswagen in die Notaufnahme eines Krankenhauses gebracht zu werden, wo man seine Taschen durchwühlen würde, um seine Identität festzustellen.

So kam er einmal mehr auf die Sache mit den Zeugen zurück, die zum Albtraum ausartete. Na schön! Er brauchte einen letzten Zeugen, um seinetwillen, um sich Mut zu machen. Das war dumm, denn er hatte keine Angst. Trotzdem hatte er das Bedürfnis, dass jemand da sein und ihm zuschauen sollte.

Viviane war sicher inzwischen nach Hause gekommen. Sie war wohl im Kino gewesen, dann hatte sie vielleicht Lust gehabt, irgendwo in der Stadt einen Happen zu essen.

Er spürte kein Verlangen nach einem zweiten Glas. Er fühlte sich ruhig. Fragen nach dem Warum spielten von nun an keine Rolle. Er stellte keine Fragen mehr. Von dem Augenblick an, in dem er seine Entscheidung getroffen hatte, schwanden die Probleme. Als Chirurg war er daran gewöhnt. Es war nur noch ein Eingriff, den er vornehmen musste, ein letzten Endes recht einfacher.

Er bereitete das Operationsfeld vor, ohne Krankenschwester, ohne Gummistiefel, ohne Handschuhe und Mundschutz.

Pech für Barnacle, der sich sein Leben lang Vorwürfe machen würde! Es hatte nur an einem Faden gehangen. Chabot hatte ihm die Rettungsleine fast zugeworfen, als er zu lachen begonnen hatte, und danach noch einmal, er wusste nicht mehr, wie, auf dem Treppenabsatz, während sie auf den Fahrstuhl warteten, der ruckend heraufkam.

Es wird feierliche Ansprachen geben, auf jeden Fall eine vom Dekan, die bei Mitgliedern der Medizinischen Fakultät zur Tradition gehört.

Diesmal vergaß er nicht zu bezahlen, und man musste ihn nicht unter Gelächter daran erinnern. Die Blicke der Frauen folgten ihm bis zu seinem Wagen, und die, die fror, beugte sich über die offene Tür.

»Nimmst du mich mit?«

Wenn sie gewusst hätte, wohin er ging! ...

Er hatte die Scheibe heruntergekurbelt und spürte die kühle Luft auf seinem Gesicht. Das war angenehm, wie ein alltägliches Vergnügen, dem man keine Beachtung mehr schenkte. Einen Augenblick lang glaubte er, er sei vom Weg abgekommen. Er fuhr im Kreis, dann fand er die Rue de la Pompe wieder.

Er war in seinem eigenen Viertel. Aus Neugier fuhr er

an seinem Haus vorbei und sah das Licht im Schlafzimmer seiner Frau, die sich anschickte, zu Bett zu gehen. Die anderen Fenster waren dunkel.

Er hielt in der Rue de Siam, ohne auf einen am Gehsteig abgestellten Motorroller zu achten. Das Gebäude, in dem Viviane wohnte, war neu und stattlich und hatte, wie Philippes Haus, eine durch ein schmiedeeisernes Gitter verstärkte Glastür.

Als er durch die erste Eingangshalle ging, nannte er seinen Namen, denn die Concierge war an seine nächtlichen Besuche gewöhnt. Danach musste er einen gepflasterten Hof überqueren und ein zweites Gebäude betreten, das dem ersten glich. Vivianes Wohnung, zu der er den Schlüssel hatte, lag links, im Erdgeschoss. Unter der Treppe standen immer mehrere Kinder- und Sportwagen.

Doch dort war er noch nicht. Er war erst im Hof, suchte in seiner Tasche nach dem Schlüssel und warf einen mechanischen Blick auf die Rollläden, in denen auf einer bestimmten Höhe Löcher eine Art Rosette bildeten.

Es erstaunte ihn, dass er noch Licht sah, nicht nur im Schlafzimmer, sondern auch in ihrem Wohnzimmer.

Er überlegte nicht. Was ihm durch den Kopf ging, war ziemlich vage. Wäre die Überraschung nicht noch größer, wenn er hier draußen blieb und Viviane unter ihren Fenstern plötzlich einen Schuss hörte? Sie hatte ihm ja nie abgenommen, dass es ihm nichts ausmachte zu sterben und dass er sich manchmal sogar danach sehnte. Vermutlich meinte sie, er wolle damit nur ihr Mitleid erregen …

Noch unentschlossen trat er an eines der Fenster und hörte Stimmen.

Es war nicht das Radio, denn er erkannte die Stimme seiner Sekretärin. Er konnte sogar genau feststellen, dass sie aus dem Schlafzimmer kam. Sie sprach ziemlich laut, damit sie im Wohnzimmer zu verstehen war, wo ihr eine Männerstimme antwortete.

Auch von diesem Mann konnte er dem Ton nach ohne jeden Zweifel sagen, wo er sich aufhielt. Er saß in Chabots Lehnstuhl, einem englischen Lehnstuhl, den Viviane ihm zum Namenstag geschenkt hatte, weil er sich ständig beklagt hatte, dass er in den schmalen Sesseln des Appartements nicht bequem saß.

Wenn das noch nötig gewesen wäre, hätte ihm der Akzent verraten, wer es war: ein ungarischer Student, den Viviane ihm im Port-Royal einmal im Hof vorgestellt hatte.

Er hieß Enoch Mikulski, war kaum zweiundzwanzig Jahre alt und hatte schwarzes, gelocktes Haar und so funkelnde Augen wie die Orientalen.

Ein Flüchtling. Seine gesamte Familie war umgebracht worden. Er war sehr arm und besuchte nicht Chabots Vorlesungen, sondern die Gynäkologievorlesungen von Professor Blanc im selben Gebäude.

»Wenn Sie ihm vielleicht irgendeine bezahlte Stelle

verschaffen könnten, auch wenn sie noch so bescheiden ist! Er tut mir leid, obwohl er sich nie beklagt. Ich weiß von seinen Kameraden, dass er nur selten genug zu essen hat.«

Viviane hatte, während sie auf ihren Chef wartete, den Ungarn im Hof der Entbindungsanstalt kennengelernt. Manchmal, wenn er herauskam oder oben aus einem Fenster schaute, sah Chabot ihn an der Wagentür lehnen.

Er mochte ihn nicht. Das merkte man ihm bestimmt auch an. Mit voller Absicht sprach er mit Viviane nie über ihn. Dennoch hatte er bei Blanc ein gutes Wort für Mikulski eingelegt, allerdings nicht sehr nachdrücklich, und er hatte sich anschließend nicht die Mühe gemacht, nach dem Ergebnis seiner Vermittlung zu fragen.

Sie unterhielten sich von einem Zimmer zum anderen, in gleichbleibendem, ruhigem Ton, ohne jede Erregung, wie Leute, die die Phase, in der einer dem anderen noch zu imponieren versucht, schon hinter sich hatten. Chabot verstand nicht, was sie sagten. Es war der Rhythmus ihres Gesprächs, der ihn so unerwartet traf, weil er echte Vertrautheit verriet.

Nach dem Entschluss, den er gefasst hatte, war das genau in diesem Augenblick wie eine letzte Beleidigung. Nichts war ihm erspart geblieben, und während er schon im Begriff war, von dieser Welt abzutreten, ohne Verwünschungen und ohne Aufruhr, hielt das Leben noch diese letzte Enttäuschung für ihn bereit.

Viviane hatte die Situation durchschaut und die kleine Elsässerin aus der Klinik verbannt. Monatelang war sie undurchdringlich wie ein Sperrgürtel gewesen, und sie hatte nicht mit der Wimper gezuckt, hatte keine Gewissensbisse erkennen lassen, als ihr der Polizeiinspektor das Foto der Ertrunkenen gezeigt hatte.

Und diese ganze Zeit hatte sie sich heimlich mit Mikulski getroffen, empfing sie ihn in ihrer Wohnung, in der er sich bereits wie zu Hause und genauso unbefangen wie Chabot fühlte.

Der Hass, den er vor einer Weile, als er von Philippe wegging, vage empfunden und der ihm die Kehle zugeschnürt hatte, stieg wieder in ihm auf, nur heftiger, und er richtete sich nun auf ein bestimmtes Ziel.

Er betrat das zweite Gebäude, drehte den Schlüssel im Schloss herum, zog die Pistole aus der Tasche und tastete mit dem Daumen nach dem rauen Knopf, mit dem sie wohl zu entsichern war.

Vom englischen Lehnstuhl aus sah Mikulski ihn kommen. Seine schwarzen Augen blickten verwundert. Ihm fiel nicht ein aufzustehen. Er blieb sitzen, mit übereinandergeschlagenen Beinen, eine Zigarette in der Hand, während Viviane, die das Geräusch der Tür nicht gehört hatte, weiterredete und sich dabei abschminkte. Sie saß im Unterkleid vor ihrem Frisiertisch, und ein Träger war ihr über die Schulter gerutscht.

Es dauerte nur kurze Zeit, wenige Sekunden, und dennoch ging Chabot in diesem Moment die eigent-

liche Bedeutung seines langen und beklemmenden We-
ges auf.

Er hatte ständig gezögert, seine Tat auszuführen. Den
ganzen Tag hatte er gezögert, als habe er nach einer
nicht vorhandenen Ausweichmöglichkeit gesucht.

Und hier bot sich ihm diese Möglichkeit. Er brauchte
nicht mehr sich zu töten. Er brauchte sich auch nicht
mehr an seinen Freund Barnacle zu wenden. Andere
würden sich nun darum kümmern, wie sie sich auch
darum kümmern würden, die endlose Reihe der Zeugen
zu vernehmen, die schließlich einen Sinn bekamen.

»Warum antwortest du nicht?«, fragte Viviane ruhig.

Sie wandte den Kopf halb um, sah Chabot, die Pistole
und stieß einen lächerlichen kleinen Schrei aus, der in
keinem Verhältnis zu der Situation stand.

Er hob die Hand mit der Waffe und überlegte, nicht
ob er schießen, sondern welches Ziel er sich aussuchen
sollte. Der Pistolenlauf schwenkte von einem zum anderen. Chabot war bei vollkommen klarem Verstand.
Schon lange hatte er nicht mehr so klar gesehen.

Er hätte sie alle beide töten können, aber dann wäre
niemand da gewesen, um als Zeuge auszusagen. In dieser Rolle war ihm Viviane lieber. Wie um ihm seinen
letzten Zweifel zu nehmen, stand sie auf, bewegte sich,
wodurch sie ein weniger geeignetes Ziel bot.

Seine einzige Angst war, dass die Waffe nicht funktionieren, dass sie klemmen könnte. Er hatte gelesen, dass
das manchmal vorkam.

Der erste Schuss zog die anderen nach sich. Er schoss aus nächster Nähe, auf den Kopf, auf die Brust, auf den Bauch. Als er glaubte, bei der letzten Kugel angelangt zu sein, und der Ungar sich immer noch regte, drückte er ihm den Pistolenlauf an die Schläfe und trat ein wenig zur Seite, damit ihn das Blut nicht bespritzte.

»Na, siehst du?«, sagte er, während sein Blick Viviane suchte.

Seine Finger hatten sich derart um die Pistole geklammert, dass er Mühe hatte, sie von ihr zu lösen, und die Waffe fiel auf den Teppich.

Mit dem Taschentuch wischte er sich über die Stirn, obwohl er gar nicht schwitzte, und bedauerte, dass er sich nicht in seinen Sessel setzen konnte, in dem der Tote zusammengesunken war.

Er blieb stehen, betrachtete Viviane, die sich nicht zu rühren wagte, und rief ihr schließlich leicht gereizt zu:

»Los, ruf die Polizei an ...«

Es war vorüber.

Plötzlich wollte er nur noch schlafen.

»Noland«, Échandens (Vaud), März 1960

DIE GROSSEN ROMANE
Band 106

Georges Simenon
Die Beichte
Neuübersetzung aus dem
Französischen von Sophia Marzolff
192 Seiten, Taschenbuch
ISBN 978-3-455-01414-3
Atlantik Verlag

Als der sechzehnjährige André Bar mit seiner Freundin Francine durch Nizza bummelt, wird er zufällig Zeuge, wie seine Mutter ein Stundenhotel verlässt. Auch Madame Bar hat ihren Sohn gesehen. Hat sie eine Affäre? Von einem Moment auf den anderen gerät die Ehe aus den Fugen. Die Eltern versuchen, den entsetzten Sohn zu beschwichtigen – und ziehen ihn damit bloß immer tiefer in die Geschichte ihrer Ehe. Dabei will André einfach nur seine Ruhe haben.

»Simenon lesen, das ist zum einen eine Erinnerung an die frühen Lesesüchte. Als Bücher noch eine Droge waren. Und Simenon lesen ist, als sähe man dem Leben direkt ins Auge.«
Thomas Andre, *Hamburger Abendblatt*

DIE GROSSEN ROMANE
Band 86

Georges Simenon
Im Falle eines Unfalls
Aus dem Französischen von
Hansjürgen Wille und Barbara Klau
224 Seiten, Taschenbuch
ISBN 978-3-455-01412-9
Atlantik Verlag

Die junge Yvette schlägt sich mehr schlecht als recht durchs Leben, vor allem die Männer geben ihr zu tun. Aber sie weiß, die Waffen, die ihr als Frau gegeben sind, geschickt einzusetzen. Nach einem missglückten Raubüberfall bittet sie einen Anwalt um Hilfe, der ihr vollkommen verfällt und um ihren Freispruch kämpft. Während er seine Ehe und sein Ansehen zunehmend für Yvette aufs Spiel setzt, wird die Affäre nicht nur ihm gefährlich – denn es gibt da einen weiteren Mann, der Yvette leidenschaftlich verfallen ist.

Der Roman wurde 1958 mit Brigitte Bardot und Jean Gabin verfilmt.

»Simenons Figuren sind Prototypen ihrer Zeit –
und bis heute nicht gealtert.«
Sebastian Hammelehle, *Spiegel Online*

MAIGRET
Band M73

Georges Simenon
Maigret und der einsame Mann
Aus dem Französischen von Hansjürgen Wille,
Barbara Klau und Bärbel Brands
224 Seiten, Taschenbuch
ISBN 978-3-455-00781-7
Atlantik Verlag

Es ist August und fast ganz Paris ist im Urlaub. Maigret langweilt sich schon etwas, als – zu seinem insgeheimen Glück – ein Toter gefunden wird. Doch der hat keine Dokumente und erst eine mühsame Suche über die Presse offenbart, dass der Clochard mit den manikürten Fingernägeln bereits vor Jahren unvermutet verschwunden ist. Doch warum hat der Mann damals alles aufgegeben, um ein einsames Leben auf der Straße zu führen? Nach und nach findet Maigret die Wegbegleiter des Mannes und er stößt auf einen alten Mordfall.

»Der Erfolg, das stets sich wieder neu einstellende
Hochgefühl bei der Maigret-Lektüre, hat mit beiden zu tun,
mit dem Autor und seiner Figur, mit dem Sprachgefühl
des einen und dem Charakter des anderen.«
Gerrit Bartels, *Der Tagesspiegel*

MAIGRET
Band M43

Georges Simenon
Hier irrt Maigret
Aus dem Französischen von Rainer Moritz
224 Seiten, Taschenbuch
ISBN 978-3-455-00750-3
Atlantik Verlag

Eine junge Frau wird ermordet. Schnell stellt sich heraus, dass im selben Haus auch einer ihrer zwei Geliebten lebt. Der berühmte Gehirnchirurg war auch der Vermieter der Toten und selbst seine Ehefrau hatte nichts gegen die Affäre einzuwenden. Immerhin war die Tote nicht die einzige Liebschaft des Mediziners. Nur Maigret will nicht so recht an die Harmonie in dem Beziehungsgeflecht glauben, doch dieses Mal kann er selbst seiner eigenen Intuition nicht trauen.

»Bis heute ist Simenons Kommissar Maigret der erfolgreichste
literarische Ermittler aller Zeiten, der meistkopierte
und auch der meistverfilmte.«
Jürgen Bräunlein, *Deutschlandfunk*

Kleine Schiffe.
Große Erlebnisse.

Wandeln Sie auf den Spuren von Jules Maigret entlang der schönsten Flüsse Frankreichs.

Rhône und Saône führen direkt in die Genusslandschaften von Frankreichs Süden. Sie erschließen altehrwürdige Städte wie Lyon, Arles und Avignon sowie lichtdurchflutete Naturkulissen. Wilde Pferde und Flamingos lassen in der Camargue das Herz aufgehen. Im sonnigen Klima dieser Landschaften, in denen Beaujolais und Côtes du Rhône reifen, spüren Sie das Laissez-faire französischer Lebensart.

Ob Edith Piaf, Claude Monet oder Picasso – sie alle ließen sich von Frankreichs magischem Norden inspirieren. Keine einzige Facette dieser Schönheit lässt die Seine auf ihrer Reise in Richtung Atlantikküste bis nach Le Havre aus. Unzählige Sehenswürdigkeiten wie Eiffelturm, Louvre oder Champs-Élysées erwarten Sie in Paris. In der traumhaften Normandie erkunden Sie den pittoresken Seefahrer- und Künstlerort Honfleur. Auf ihrem Weg fließt die Seine vorbei an tiefgrünen Wiesen und hin zu kalkweißen Hochufern.

Alle Informationen rund um unsere Flusskreuzfahrten in Frankreich finden Sie unter
www.nicko-cruises.de/simenon

nicko cruises Schiffsreisen GmbH
Mittlerer Pfad 2 · 70499 Stuttgart
info@nicko-cruises.de · 0711 - 24 89 80 0